Ach je Verlag
Berlin · AT&Tlantis · Tschuri
https://ach.je

OJ & ER

#ichwillihnberühren

https://ichwillihnberühren.de

TAG 1

"Mach's halt"
- @1

"Mach's nicht"
- @4

OJ

9. NOVEMBER 2017

Ich liege angespannt in meinem Bett und spüre schon die Bettkante an meiner linken Körperseite. Weit ist es nicht bis zum Ende der Matratze.

Leicht verkrampft halte ich mein Handy über meinem Bauch, suche die verschiedenen Apps ab und öffne „Jodel". Eine anonyme Plattform junger Menschen, die in dieser Stadt kein Blatt vor den Mund zu nehmen verspricht. Ich weiß aber nicht, an wen ich mich sonst wenden soll. Ich muss meine Situation einfach irgendwo loswerden und woanders kann ich das gerade nicht.

Deshalb fange ich an zu schreiben: „Ich (m) hab mich in einen Kumpel verliebt...".

Ich werfe einen fragenden Blick an die Wand gegenüber, noch immer die Bettkante an meiner linken Seite. Vor meinem inneren Auge erscheinen die Wörter „Kumpel", „verliebt". Kann jemand überhaupt jemals ein Kumpel gewesen sein, wenn man eigentlich von Anfang an auf ihn stand? Kann er es werden, obwohl man dies tut? Trifft es „verliebt" tatsächlich? Ist es stattdessen nur eine Schwärmerei? Kann sowas so lange anhalten, ohne dass es mehr wird, vor allem dann, wenn man sich besser kennenlernt?

Bei mir war es anfangs sicherlich nur eine Schwärmerei, wohl schon seit der ersten Begegnung. Ein klassisches „Oh man sieht der gut aus", ein Wegsehen, wenn er mich bei Unterhaltungen zu lange anschaut, heimliches Beobachten, wenn er mit jemand anderem spricht.

Kann ein Schwarm (wieder) zum Kumpel werden? Bestimmt. Allerdings nur, wenn die Gefühle auch weggehen und sich nicht bloß aufstauen, weil man ihnen keinen Raum zur Entfaltung lässt. Süßer Honig wird schließlich auch nicht wieder zu Nektar, schließt man ihn nur lange genug in ein Glas. Oder so ähnlich...

In meinem Fall ist er weder Schwarm noch Kumpel, dafür wünsche ich mir viel zu sehr, dass er mich sanft küsst, statt wild über mich herzufallen.

Dass er abends bei mir ist – nicht nur in meiner Vorstellung. Dass er mir Sachen erzählt, die sonst keiner von ihm weiß. Dass wir zusammen in den Urlaub fahren – auch wenn ich dabei wohl viel frieren müsste, wo ihm der Norden doch so gut gefällt. Dass er mich wärmt, wenn mir kalt ist. Wenn all das kein „Verliebtsein" ist, wüsste ich nicht, was eines wäre.

Wenn er wüsste was in meinem Kopf vor sich geht, er würde mich für verrückt erklären. Wie konnte es aber auch nur so weit kommen? Vor allem, weil es nicht die geringsten Andeutungen von ihm gibt, die auf Gegenseitigkeit hindeuten könnten. Nicht einmal Kleinigkeiten, die ich in meinem Zustand interpretieren könnte.

Ich starre weiterhin an die Wand. Wie lange habe ich jetzt über diesen Halbsatz des Jodels nachgedacht? Dieses Durchdenken bis ins Detail ist wirklich ein Fluch. Noch dazu ist Jodel nicht gerade für seine großen Gedanken bekannt. Da ich all das, was mir gerade im Kopf umherschwirrt, aber nicht in die wenigen möglichen Zeichen packen kann, belasse ich es bei der Wortwahl. Ganz falsch ist sie ja nicht, auch wenn er für mich wohl nie ein Kumpel war. Wenn überhaupt spiele ich diese Rolle ganz gut, mit meinen Gefühlen hat das aber reichlich wenig zu tun.

Was ich danach schreibe, fällt mir leichter, da es erst einmal nur die aktuellen Tatsachen beschreibt, so verrückt sie mir auch erscheinen mögen: „... und jetzt liegt er in Boxershorts neben mir im Bett."

Ich füge noch ein paar Hashtags bei, während meine Augen mehr und mehr einen möglichst unauffälligen Blick auf ihn zu erhaschen versuchen, ohne dass ich den Kopf bewegen muss. Da ist sie wieder, diese Anspannung. Dieser Versuch der Ablenkung am Handy wirkt vielleicht ein paar Sekunden, dann wird mir alles wieder allzu bewusst.

Wie reagiert man denn, wenn die Person, für die man derartige Gefühle hat, plötzlich in Unterhose neben einem im Bett liegt? Ich weiß es leider auch nicht so genau. Überforderung beschreibt es nicht einmal im Ansatz – die Spitze des Eisbergs meiner Gefühle und Gedanken in diesem Moment.

Das Einfachste erscheint es mir, das zu tun, was vielleicht ein normaler Mensch in dieser Situation tun würde. Auch wenn es mir bei ihm schwer fällt zu entscheiden, was noch normal ist und was nicht. Ich flüchte also ans Handy, versuche beschäftigt zu wirken und beschreibe meine Lage auf Jodel. Anonym selbstverständlich. Von meinen absurden Gedanken weiß nur ich. Und jetzt auch wer weiß wie viele Jodler, die dies an einem Donnerstagabend lesen. Ich eröffne meine privatesten Gedanken hunderten Menschen, wie ich sie noch nicht einmal meinen engsten Freunden erzählt habe.

Während sich meine Gedanken überschlagen, überlege ich, ob ich schon zu lange nichts mehr gesagt habe. In meinem Kopf folgt wieder der Vergleich, was ein weniger verrückter, „echter" Freund sagen würde. Über seine Unterhose jedenfalls eher nichts, vielleicht abgesehen von einem lockeren Witz? „Nice Boxers"? Kombiniert mit einem frechen Grinsen könnte ich mir vorstellen, dass das in einer Männer-WG eventuell mal fällt. Die Mitbewohner müssten dann aber wohl nicht aufpassen, dass dabei vor Aufregung die Stimme bricht, sondern würden es völlig gelassen rüberbringen. Eben mit dem winzigen, aber entscheidenden Unterschied, dass sie es auch als Witz meinen.

Mit meiner Stimme im jetzigen Zustand könnte ich sagen, was ich wollte. Alles wäre die Vertonung meiner eben beschriebenen Gefühlslage, gleich welche Worte ich benutzte. Alles wäre gleichbedeutend mit „Nimm mich endlich". Ich hätte nicht nur einen sprichwörtlichen Kloß im Hals und müsste gar nichts weiter sagen, damit er die Wahrheit erfährt.

Es ist ziemlich anstrengend, immer wieder darüber nachdenken zu müssen, was ein gewöhnlicher Kumpel tun und sagen würde. Sich zu fragen, wie das eigene Verhalten gerade wirken mag, und permanent darum bemüht zu sein, sich die eigenen Gefühle nicht anmerken zu lassen. Das ist aber natürlich kein bloßes Problem von

Schwulen. Ich hatte eigentlich gedacht, genau dies perfektioniert zu haben: Hatte gelernt, mit ihm zu reden, ohne mich von seiner Attraktivität zu sehr ablenken zu lassen. Hatte mich damit abgefunden oder mir zumindest genügend eingeredet, dass es nie zu etwas anderem kommen würde. Dachte, ich wäre mittlerweile geübt und vor allem gut darin, mein Interesse an ihm zu verbergen. Bis hierhin hat das ja auch ganz gut geklappt.

Normale Situationen kann man damit nämlich gut meistern. Darauf, dass er jetzt nur in Boxershorts auf meinem Bett liegt, bereitet es aber nur bedingt vor. Wie kann eine Unterhose überhaupt „heiß" sein? Ich finde sie jedenfalls ziemlich heiß, diese warme Farbe auf seiner schönen Haut. Die Haare, die von seinem Bauchnabel zum Hosenbund führen. Ist es also die Vorstellung, was sie bedeckt?

Es ist alles so surreal und absurd.

Mir fällt auf, welch billige Anmache es wäre, wenn ich ihn jetzt darauf anspräche und er später irgendwie herausfände, dass ich währenddessen auf ihn stand (und dies dann wohl auch immer noch täte). Wenn ein Mann einer Frau ein Kompliment macht, erscheint dieses doch auch ganz anders, je nachdem, ob er auf sie steht oder nicht. Oder?

Ich kann nicht aufhören ihn aus dem Augenwinkel anzustarren. Er ist trainiert, aber nicht so stark, dass man übermäßig Muskeln sehen würde. So, dass sich sein Sixpack nur dann leicht andeutet, wenn er seinen Bauch anspannt. Genau wie ich es mag. Ich muss allerdings zugeben, dass ich nicht mehr genau zwischen denjenigen Dingen unterscheiden kann, die ich von Grund auf mag, und solchen, die ich mag, weil sie auf ihn zutreffen. Mittlerweile mag ich bestimmte körperliche Merkmale wohl nur deshalb, weil er sie hat, und andere nicht mehr, weil er sie nicht hat.

Noch weniger als auf seine Unterhose kann ich ihn einfach auf seinen Körper ansprechen. Aus Spaß schon gar nicht.

„Sag mal, wie lange trainierst du denn schon dafür"? „Hast du Tipps, wie ich auch so aussehen kann, ohne auf Netflix zu verzichten"? Naja, vielleicht könnte ein Kumpel das schon so fragen. Ich weiß es ehrlich nicht. In jedem Fall fehlt mir der Mut dazu. „Meinst du, das Fitnessstudio würde sogar bei mir bewirken können, kein

Lauch mehr zu sein"? Der Versuch witzig zu sein ist hier jedenfalls wirklich ein noch viel schlechterer Ratgeber.

Zwischen all diese verrückten Gedanken schieben sich noch verrücktere. Kann ein Herz so stark schlagen, dass es derjenige im Bett neben dir hören oder gar spüren kann? Könnte ich sein Herz schneller oder stärker schlagen sehen, wenn ich auf seine Brust schaue? Den Kopf drehen und genau dort hinsehen tue ich natürlich nicht. Ich bin mir schon sicher, dass die Blicke aus dem Augenwinkel auffallen. Aber wäre es nicht eigentlich besser, auffällig weiter oben auf seine Brust als unauffällig auf seinen Schritt zu schauen? Klingt plausibel. Allerdings würde ein Blick auf seine Brust wohl auch eher zu denjenigen Dingen gehören, die ein normaler Kumpel wahrscheinlich nicht tut. „Was machst du denn da?" – „Ach ich schaue nur, ob ich dein Herz schlagen sehen kann." Ja genau.

Wäre es nicht schön, wenn einfach jeder das sagen könnte, was er denkt? Vor allem, ohne Angst haben zu müssen, dabei für eklig gehalten oder beschimpft zu werden? Ich kenne ihn nun seit zwei Jahren und kann mir tief im Inneren zwar nicht vorstellen, dass er so reagieren würde, aber man weiß leider nie. Wenn es um Homosexualität geht, sagen die wenigsten offen, was sie wirklich denken. Gerade im anonymen Internet wie bei Jodel kann man das häufiger sehen, als ich gedacht und gehofft hatte.

Und genau deshalb habe ich solche Angst. Abweisung an sich ist schon schlimm, aber wegen etwas, für das man nichts kann? Abgewiesen zu werden nicht nur, weil die andere Person keine Gefühle hat, sondern weil die eigene sexuelle Orientierung für unnormal, für eklig gehalten wird? Würde er schon aufspringen, wenn sich nur unsere Arme berühren? Würde er mir ein „Geht's noch?" oder „Was soll das?" an den Kopf werfen? Ein „Spinnst du?" und mich nie mehr sehen wollen? Was wäre erst, wenn die Schritte (noch) eindeutiger wären? Bei einem Streicheln über den Arm? Gar über den Bauch?

Im Endeffekt sind Träumereien mit ihm die schönere Alternative gegenüber auch nur der Möglichkeit einer solchen Reaktion.

Heteros sind in diesem Punkt wirklich zu beneiden; sie müssen sich solche Gedanken nicht machen. Heteros können „nur“ abgewiesen werden, weil sie sie sind und nicht weil der andere „angewidert“ ist. Ich finde eine „persönliche“ Zurückweisung durch einen grundsätzlich am „richtigen” Geschlecht interessierten Menschen irgendwie weniger schlimm als eine „pauschale“ durch einen schockierten Hetero. Man sehe es mir bitte nach.

Aber zurück zur Gegenwart. Oft vergleiche ich, wie eine ähnliche Situation zwischen Mann und Frau wirken würde. Leider ist das aber überhaupt nicht möglich. Dabei gehen nämlich beide selbstverständlich davon aus, dass sie zumindest theoretisch aneinander Interesse haben könnten. Wenn das nicht der Fall ist, wenn diese Selbstverständlichkeit also fehlt, denkt der Teil, der sich in der Mehrheit dieser Gesellschaft wiederfindet, gar nicht so weit, wie er oder sie vielleicht auf den oder die andere wirken könnte. Wie verrückt diese Person einen mit der kleinsten unbedachten Handlung machen kann.

Weniger kompliziert ausgedrückt: Wenn ich also neben einem heterosexuellen Mann liege, denkt nur einer - nämlich ich –, dass möglicherweise etwas passieren könnte. Liegen Mann und Frau nebeneinander, noch dazu einer in Unterwäsche, passiert vielleicht unweigerlich etwas, auch wenn zuvor keiner damit gerechnet hat.

Die Situation, wie sie hier gerade passiert, wäre zwischen Mann und Frau - egal von wem aus - ein Wink mit dem Zaunpfahl, zwischen Mann und Mann oder Frau und Frau allerdings normales Chillen oder so etwas, weil eben keiner oder nur einer bzw. eine von beiden mögliche Hintergedanken hat.

Wenn man noch nie etwas mit Nicht-Heteros zu tun hatte, nehme ich das auch niemandem übel. Es gestaltet das Leben allerdings schwierig, weil es das Deuten von Zeichen praktisch unmöglich macht.

Wie würde er aber reagieren, wenn ich mich als Frau an ihn ranmachen würde? Er würde sicherlich mitmachen. „So sind Männer nunmal, sie nehmen mit, was sie kriegen können“. Wer kennt solche Aussagen nicht.

Diese Gedanken verdränge ich schneller als sie kommen. Wenn ich mir allein vorstelle, wie oft er mit jemandem geschlafen haben könnte seit ich so in ihn verschossen bin, wird mir ganz schlecht.

Wenn er auf einer Party jemanden anspricht oder sogar von Frauen angesprochen wird – man kann sich vielleicht schon jetzt ein wenig vorstellen, wie gut er aussieht –, setzt sofort mein Kopf ein, worauf das hinauslaufen wird und wer welche Hintergedanken hat.

So viel Eifersucht, und das bei jemandem, der keine Ahnung hat, was ich für ihn fühle. Der keine Ahnung hat, was er damit anrichten würde, wenn er aus dem Nichts so etwas erzählte. Das soll unter Männern ja vorkommen: „Gestern hab ich diese oder jene noch flachgelegt“. Ich denke, dann könnte ich meine Fassade nicht länger aufrechterhalten. „Ich will das nicht hören“ käme einer Beichte dann ziemlich nahe, ließe sich aber wohl nicht verhindern.

Oder denkt ein Hetero selbst dann nicht so weit? Zieht er auch dann gar nicht erst in Erwägung, dass der Grund dafür Gefühle sein könnten? Ist die Antwort dann „Bist ja nur neidisch“?

Wie gesagt, solche Gedanken versuche ich auch jetzt sofort zu verdrängen. Was bleibt ist die Hoffnung, dass er nicht einfach damit herausplatzt, dass er eine kennengelernt hat, auf die er steht. Wenn wir unter mehreren sind, fallen zwar schon mal Sprüche, die auf Frauen hinauslaufen könnten; in dem Fall kann ich mir aber einreden, dass es eben nur Männergerede ist. Dass er wirklich mal konkreter wurde, ist immerhin schon recht lange her und ich habe es tief verdrängt.

Warum ist es denn nun aber kein Kompliment, wenn jemand gleichen Geschlechts Interesse hat und das dann auch zeigt? Warum geht dann kein „Tut mir leid, aber können wir nur Freunde sein“? Von mir aus auch ein bloßes „Sorry Bro, bin nicht gay“. Das wäre zwar auch eine „pauschale Abweisung“, aber eben eine nette und keine angeekelte. Sie wäre in meinem jetzigen Zustand zwar ebenso ein Schlag ins Gesicht, allerdings nicht wortwörtlich, wovor ich mich ehrlicherweise auch fürchte.

In was für einer Welt leben wir eigentlich, in der Menschen Angst haben müssen, sich eine einzufangen, wenn sie Gefühle zeigen? Ich kann mir jedenfalls nur ansatzweise vorstellen, welch Erleichterung es im Leben wäre, sich diese Sorgen nicht machen zu müssen. Wenn man in der Straßenbahn eine Person gleichen Geschlechts länger anschauen und auf einen längeren Blick hoffen könnte, ohne sofort wieder wegsehen zu müssen. Aus Angst vor „Entdeckung". Was denkt der andere dann von mir, wenn er bemerkt, dass ich gestarrt habe. Rastet er aus?

Welch Erleichterung es wäre, wenn ein Mann einen anderen Mann im Club ansprechen könnte, ohne mit üblen Reaktionen rechnen zu müssen.

Ein Teil von mir würde in solchen Situationen natürlich dennoch gerne als schwul erkannt werden. Wie soll auch sonst etwas zustande kommen? Ein anderer Teil will das gerade nicht. Selbst von Fremden will man nicht abgestempelt und in eine Schublade gesteckt werden.

Oder übertreibe ich? Würden viele heutzutage vielleicht sogar so reagieren, wie ich es mir wünschen würde, und ich bilde mir schlimmeres nur ein? Meine konservative Erziehung, während derer ich mich doch irgendwie „unnormal" fühlte, tut ihr übriges. Aber selbst wenn ich übertreibe, bin ich davon überzeugt, dass es dennoch nicht ausgeschlossen ist. Man kann den Leuten leider nicht in den Kopf schauen. Selbst wenn ich den einen unter 100 oder 1000 treffe, der mich als „Schwuchtel" beschimpft und grob wegschubst – das prägt für immer.

Das alles mag so klingen, als käme ich selbst noch nicht wirklich mit mir klar. Dem ist aber nicht so. Das tue ich mittlerweile doch ziemlich gut. Jetzt ist eher das Problem, dass ich mich aus einem anderen Grund nicht ganz normal fühle: Wer kriegt sich schon nicht mehr ein, wenn er einfach mit einem Kumpel abhängt? Wer dreht dermaßen ab? Es ist schon verrückt.

Ich versinke aber auch nicht völlig in Selbstmitleid. Ich kann nur eben nicht einfach mein Interesse offen zeigen, was frustrierend ist. Ich bewundere und beneide alle, die das können; diese schöne Ungewissheit zu spüren, ob das Gegenüber einen wohl auch mag. Vor der Frage „Mag er oder sie auch mich?" steht bei mir leider eine noch viel größere Mauer: „Mag er überhaupt auch Männer?". Und diese große Mauer werde ich wohl nie ohne Onlinedating überwinden können. Denn dabei weiß man bereits vor dem Treffen, dass man sich grundsätzlich attraktiv findet. Das Kribbeln der Ungewissheit gibt es dann nicht.

Ganz abgesehen von all dem kommt in diesem speziellen Fall

noch hinzu, dass der Herr neben mir in Sachen Aussehen als FC Bayern die Champions League gewinnt, während ich als FSV Frankfurt in der Regionalliga um den Klassenerhalt spiele oder gar so etwas wie Kickers Offenbach bin. Auch wenn ich Freunden immer einzureden versuche, es gäbe keine Ligen und jeder könne jeden bekommen, glaube ich selbst nicht daran. Es gibt sogar Studien, die belegen, dass objektiv attraktive bzw. gutaussehende Menschen eher mit ebensolchen zusammen sind. Je länger sich liierte Menschen kennen, desto größer ist im Durchschnitt das Gefälle im Aussehen. Der offizielle wissenschaftliche Beweis sozusagen, dass ich keine Chance bei ihm habe, egal unter welchen Umständen. Ob nun als Mann, sollten die nicht von vorneherein ausgeschlossen sein, oder Frau. Unsere Kindergärten lagen leider zu weit auseinander.

Ich schweife aber zu weit ab und sollte mich lieber fragen, wie normal diese Situation denn nun unter zwei Männern wirklich ist. Legt sich jemand einfach in Boxershorts in das Bett eines Kumpels? Einfach nur so, ohne nachzudenken? Geht das nicht eigentlich zu weit? Ich würde das jedenfalls nicht tun. Bei ihm natürlich schon gar nicht, aber auch sonst nicht. Nicht einmal bei einer Freundin, wenn sie wüsste, dass ich schwul bin. Vielleicht habe ich aber auch einfach nicht sein Selbstbewusstsein. Allein schon körperlich.

Zurück zu meinem Jodel. Ich habe ihn also abgeschickt und erhoffe mir Antworten auf genau diese Frage. Auch ohne meine komplette Geschichte zu kennen, kann man doch irgendwie etwas dazu sagen, denke ich mir. Es mangelt jedenfalls nicht an Reaktionen. Ich bekomme direkt Tipps für mögliche Annäherungsversuche.

Viele meinen, dass das niemand machen würde, ohne etwas zu erwarten. Dass ich tatsächlich irgendetwas aktiv tun würde, war eigentlich niemals der Plan, selbst wenn die Antworten genau so ausfallen und viele genau das fordern würden. In den wenigen Worten wollte ich mich womöglich vor allem selbst bemitleiden. Und eventuell etwas Empathie.

Wenn ich mir aber die Antworten so ansehe und tatsächlich einige gute, nicht zu auffällige und daher realisierbare Dinge lese, erscheint es mir nicht mehr komplett utopisch. Es kann ja eigentlich auch nicht dauerhaft so weitergehen. Sichere Gewissheit, ob ja oder nein, das ist es, was ich brauche. Auch wenn letzters mich erst einmal nachhaltig zerstören würde.

Bei so einer Überforderung auf fremde Erfahrungen zurückzugreifen hilft ja in jedem Fall. Ist das nicht genau der Sinn dieser App? Herauszufinden, was andere in der jeweiligen Situation machen würden?

Ich muss an dieser Stelle gestehen, dass, wenn in den ersten Kommentaren direkt etwas schwulenfeindliches geschrieben worden wäre, ich den Jodel direkt wieder gelöscht hätte. Ich weiß, sonderlich selbstbewusst bin ich nicht. Das hätte dann dazu geführt, dass ich mich ihm niemals auch nur genähert hätte, auch wenn alle anderen gesagt hätten, ich solle etwas versuchen. Da wären wir wieder bei den 1 von 100. Man glaubt immer das, was man hören will.

Trotz aller Zweifel, Ängste und „Gefahren" entscheide ich mich dann aber doch tatsächlich dazu, selbst einen winzigen Schritt zu machen: Ich denke an das Kopfkino, das mich zuvor tausende Male genau solche Situationen hat durchleben lassen. Dabei hatte ich so nah an ihm gelegen, dass sich die Härchen auf unseren Armen gerade so berührten und es leicht kitzelte. Jetzt dagegen liege ich am Rand des Bettes und muss versuchen nicht herauszufallen.

Ich hatte mir vorgestellt, wie wir uns küssen, wie wir uns streicheln, wie wir vielleicht (aber wirklich nur vielleicht!) noch mehr machen. Dabei überspringt der Kopf allerdings den Teil, wie es überhaupt dazu gekommen ist. Den wichtigsten Teil – denjenigen, den ich jetzt am dringendsten bräuchte. Den einleitenden Satz sozusagen. Vielleicht vertraute ich sogar in diesen Träumereien darauf, dass er beginnt. Und jetzt soll ich das tun...

Wieder muss ich daran denken, wie leicht es Heteros haben. Auch wenn ich in der Hinsicht sicherlich nicht ganz gerecht bin. Es mag zwar allgemein leichter sein, sich einer Frau anzunähern, im konkreten Fall, wenn man derart auf jemanden steht, schenkt sich das aber wohl nicht mehr viel.

Vielleicht ist sein erster Schritt ja bereits, fast nackt in meinem Bett zu liegen? Auch wenn ich es nicht glaube und weiterhin an ein gemeinsames Chillen unter Freunden denke, bei dem sich ein Hetero eben gedankenlos auf das Bett eines Kumpels wirft, nachdem er geduscht hat, versuchen es mir die Jodler einzureden.

Ich wollte ja aber zunächst seit Längerem wieder etwas sagen. Es fühlt sich zwar nicht nach einer peinlichen Stille an, es wird aber doch irgendwann komisch. Vor allem, wenn man selbst derjenige ist, der die ganze Zeit unhöflich am Handy hängt.

Eine meiner größeren Schwächen ist sicher, dass ich mir eine Ewigkeit Gedanken darüber mache, was normal wäre zu sagen, im Ergebnis dann aber doch etwas komplett Spontanes, meist Blamables, raushaue. Wie sollte es in dieser Situation dann auch anders sein? Ich lege also das Handy auf meinen Bauch und frage „Was schaust du denn da?".

Man sollte meinen, ein normaler Mensch könnte so etwas durchaus fragen. Von Vorteil ist allerdings, wenn es auch wirklich zur Situation passt, wo er doch vorbeikam, um gerade das, was schon läuft, zusammen zu schauen. Ich bringe noch ein „Oh, hoppla" raus und versinke innerlich im Boden. Am Handy ist es dann doch sicherer.

Er antwortet nichts, nicht einmal mit einem dummen Spruch.

Ich liege weiterhin still da und rede in Gedanken durchgehend mit mir selbst: „Mach was, jetzt oder nie". Dann bringe ich all meinen Mut auf, um eben diesen einen winzigen Schritt zu machen, zu dem ich mich entschlossen hatte, auch wenn er vielen wahrscheinlich lächerlich erscheint.

Ich beuge mich über ihn, um etwas auf seiner Seite des Bettes zu holen. Ich stütze zunächst meinen rechten Arm zwischen uns ab und greife mit dem linken über ihn. Da das nicht lange genug dauert, tue ich so, als würde ich nicht rankommen. Also stütze ich meine linke Hand jetzt rechts von ihm ab und greife mit dem rechten Arm über ihn.

Kann man das checken? Würde man sonst nicht einfach danach fragen? Sowas wie „Gib mal das Ladegerät"?

Ich muss mir aber eingestehen, dass – selbst bei aller Hoffnung und Interpretation – nicht einmal ich so weit denken würde.

Mein persönliches Paradoxon – spontanes Handeln trotz langem Denken – lässt mich aber auch diesmal nicht im Stich. Letztlich hat nämlich der spontane Teil dieser Aktion dazu geführt, dass es doch noch der beabsichtigte winzige Schritt wurde. Nicht bedacht hatte ich nämlich, wo ich währenddessen überhaupt hinschaue. Ziemlich dumm eigentlich, denn genau das wäre eine Situation, in der man sich maßlos blamieren könnte. Wenn man so über seinem halbnackten Schwarm hängt, meine ich. Man könnte auf die ungünstigsten Stellen schauen.

An das naheliegendste (und normalste) – nämlich auf das zu schauen, was man holen möchte – denke ich zu meinem Glück in dem Moment überhaupt nicht. Ich schaue ihm stattdessen erst auf die linke Schulter, dann in die Augen. Zu meiner Überraschung sah er bereits direkt in meine. Es ist nur ein kurzer Moment, aber er reicht, um mich noch rätselhafter zurückzulassen. Mir huschen Gedanken durch den Kopf wie „So nah war ich seinen Augen noch nie" und „Wirklich genau die gleiche Farbe wie seine Haare". Mich verwirrt aber gar nicht unbedingt die Dauer des Blickkontakts, sondern eher sein Ausdruck. Vielleicht hatte ich so etwas wie Belustigung erwartet, weil ich so albern über ihm hing. Oder ein peinlich berührtes Grinsen im Sinne von „Was wird das eigentlich?". Aber er schaut stattdessen ganz normal, fast ernst.

Ich sinke schnell auf meine Seite des Bettes zurück und fummle möglichst lange am Ladegerät herum, um es in die Steckdose zu stecken. Ich muss erst einmal tief durchatmen. Was war das nun wieder?

Keiner sagt etwas.

Doch irgendwie herausgefordert und auch ermutigt schaue ich nach einer Weile einfach zu ihm. Es fällt mir erstaunlich leicht, denn wenn schon nicht er, dann will jetzt ich „Was wird das eigentlich?" ausdrücken. So ganz normal ist das ja dann doch nicht, sich in dem Outfit so lange zu jemandem ins Bett zu legen.

Als er endlich seinen Kopf zu mir dreht und meinen Blick erwidert, grinst er kurz und schaut wieder weg. Er macht mich wirklich wahnsinnig.

Weiterhin Schweigen.

Dann das gleiche Spiel noch einmal. Ich warte wieder, bis er zurück schaut. „Was ist?", fragt er. „Sag du's mir", antworte ich.

Er grinst auch jetzt wieder und schaut direkt weiter. Rückblickend erscheint mir meine Aktion sehr normal, weshalb das Anschauen kein Problem war. Wenn jemand mittlerweile etwa eineinhalb Stunden nur in Unterhose in deinem Bett liegt, ohne

Anstalten zu machen, das zu ändern, würde wahrscheinlich jeder skeptisch werden. Bei „Sag du's mir“ könnte man also durchaus eine Erklärung erwarten. Damit weiß er nun eindeutig, worauf ich hinaus will. Und dennoch spricht er es nicht an, sondern grinst nur.

Also schweigen wir erst einmal weiter.

Ich habe für heute eindeutig genug gestartet und beschließe, jetzt abzuwarten, was weiter passiert. Eine gute Flucht aus der Situation und willkommene Ablenkung ist weiterhin mein Handy.

Dann fragt er: „Was machst du denn die ganze Zeit am Handy?“

„Schreibe mit jemandem.“

„Mit wem?“

Ich grinse dumm.

„Hm.“ Ich ohrfeige mich innerlich für mein dummes Grinsen. Komplett idiotisch.

Meine Jodel-Hilfe, die immer zahlreicher wird, interpretiert fleißig. Ist er eifersüchtig? Findet er es einfach komisch? Unverschämt? Ich sehe jedenfalls ein, dass ich mich nicht die ganze Zeit am und im Handy verstecken kann. Dafür ist er ja auch nicht extra vorbeigekommen. Ist er deshalb so still, wo er doch eigentlich zusammen die Sendung schauen und darüber reden wollte? Ist er also einfach genervt?

Schließlich kommt ein Tipp, von dem ich am Anfang des Abends nicht im Geringsten auch nur in Erwägung gezogen hätte ihn tatsächlich umzusetzen. Woran das liegt, dass ich plötzlich so „mutig“ werde, kann ich mir selbst nicht erklären. Liegt es an seinen Blicken? Dem Grinsen? An der Einstellung „Jetzt ist es auch irgendwie egal“, die ich vielleicht gerade angenommen habe? Daran, dass, wenn das alles hier nichts zu bedeuten hat, er weitaus Komischeres an dem Abend vorweisen kann als ich durch meine Aktionen? Am guten Zureden der Jodler? An deren Erwartungen, dass endlich etwas passiert?

Jedenfalls habe ich das Gefühl, dass, wenn ich mich nicht traue, ich einige von ihnen enttäuschen würde. Es mag nicht die ruhmreichste Motivation sein, sich irgendwie gedrängt zu fühlen, aber es treibt mich mit an. Letztlich mache ich es ja dennoch für mich. Als mir dann noch einfällt, was ich schon in meiner Kindheit ständig zu hören bekam, ist der Bann gebrochen: „Dich muss man echt immer zu deinem Glück zwingen“.

Also schalte ich meine Gedanken ab, lege das Handy weg, drehe mich zu ihm auf die Seite und sage – äußerlich scherzhaft – „Jetzt bin ich ganz für dich da“.

Ergebnis dessen, dass man Dinge vorher nicht komplett durchdenkt, ist, dass man mit dem überrascht wird, was passiert. Allerdings hätte er mich selbst dann überrascht, wenn ich zuvor alles Denkbare durchdacht hätte.

Er schaltet den Fernseher aus, dreht sich zu mir auf die Seite und sagt „Und ich für dich“.

Dabei schaut er genauso „ernst“ wie bei der Ladegerät-Aktion zuvor. Hätte er mich damit nicht dermaßen aus dem Konzept gebracht, hätte ich niemals seinem Blick standhalten können, geschweige denn derart lange. Meine scherzhafte Art ist mir jedenfalls komplett entwischt.

Hatte mir die Überraschung zuvor noch geholfen, lässt sie mich jetzt auf die dümmste Art und Weise reagieren, die ich mir vorstellen kann. Ich frage stotternd, ob er etwas trinken will, stehe schnell auf und flüchte in die Küche. Ich bleibe dort kurz, um mich etwas zu beruhigen. Wie sehr ein Herz klopfen kann...

Ich atme ein paar Mal tief durch und gehe schließlich zurück. An zwei Gläser hatte ich wenigstens gedacht. Ich sehe, was ich irgendwie auch erwartet hatte. Die Situation ist einfach zu eigenartig geworden. Er steht dort schon in Hose und ist gerade dabei, sein T-Shirt überzuziehen. „Ich muss jetzt leider los“, sagt er.

Er zieht sich fertig an, schiebt noch ein „Sorry, aber wir sehen uns, ja?“ hinterher und verschwindet schon aus der Tür, bevor ich noch etwas sagen kann. Ich bin nicht sicher, ob er mich überhaupt noch einmal angesehen hat.

So abgefertigt zu werden war dann doch ein Schlag. Es war schließlich er, der es zu dieser Situation allgemein und auch zu dem langen Blickkontakt hat kommen lassen. Dennoch liege ich danach eine ganze Weile auf dem Bett und fange schon an, mir „Was-wäre-gewesen-wenn“-Fragen zu stellen. Was, wenn ich nicht weggeschaut hätte? Was, wenn ich zumindest nicht aufgestanden wäre? Ich war nie wütender auf mich selbst.

Die netten Antworten meiner Mitjodler machen es da leider nur schlimmer. Ich zeige aber natürlich nicht, wie fertig mich das macht. Da bekomme ich offenbar einmal eine wirklich gute Chance und versaue sie dermaßen. Wer glaubt schon an eine zweite. So wie er gerade reagiert hat, rechne ich damit, jetzt erst einmal nichts mehr von ihm zu hören.

OJ

RÜCKBLICK

IM DEZEMBER 2016

Ich habe bereits viele Zeilen darauf verwendet zu beschreiben, wie schwer mir das Leben als schüchterner Mensch fällt. Ganz so dramatisch wie es scheint, ist es allerdings dann doch nicht. Manche Situationen sind für mich einfach anstrengender als für offene oder extrovertierte Menschen.

Genau solch eine Situation war es auch, als ich an einem Tag im Dezember 2016 zum ausgemachten Zeitpunkt auf den Weihnachtsmarkt kam. Ich fand zwar schon eine größere Gruppe vor, allerdings war noch keiner dort, den ich wirklich kannte. Nur solche, bei denen ich wusste, wie sie aussehen, damit ich die Gruppe erkennen konnte. Also genau für den Fall, der dann eintrat.

In so einer Situation fällt es mir eben schwer etwas zu sagen, wenn ich dazustoße, und noch schwerer, wenn ich schließlich dabei stehe. Was man aber nicht alles macht, um jemanden sehen zu können. Man nimmt die unangenehmsten Situationen in Kauf. Es war also doppelt gut, als schließlich auch er kam. Mit Pünktlichkeit hat er es nicht so.

Er stellte sich Gott sei Dank direkt neben mich, auch wenn er viele zu kennen schien, denn sie begrüßten ihn alle überschwänglich. Es lag vielleicht auch schon am Glühwein. Davon hielt auch ich einen in der Hand, er dagegen war bepackt mit zwei Kartons. Ich fragte mich, wer denn so auf den Weihnachtsmarkt geht. Ihm schien es aber völlig egal, was andere denken könnten. Bewundernswert.

Das kennt sicher jeder, wenn Angetrunkene andere dazu drängen, sich auch endlich Alkohol zu holen. Sie ließen auch bei ihm nicht locker. Er witzelte dagegen, dass er überhaupt keine Hand dazu frei hätte, und spielte damit, dass jeder auf ihn einredete. Er genießt es wohl auch immer ein bisschen, im Mittelpunkt zu stehen.

Er holte sich jedenfalls vorerst keinen Glühwein. Das Gespräch wechselte wieder zu anderen Themen und war nicht mehr so sehr auf ihn fixiert. Zumindest nicht auf seine fehlende Tasse.

Dann drehte er sich zu mir. „Lass mich mal probieren." Ich wollte ihm erst die Tasse reichen, aber natürlich hatte er dafür noch immer keine Hand frei. Während der ganzen langen Zeit, die ich damals schon auf ihn stand, hatte ich es immer vermieden, irgendetwas zu machen, das objektiv vielleicht völlig normal wäre, für einen selbst aber – zumindest innerlich – viel Nähe bedeutet. Man will ja unter allen Umständen verhindern, seine Gefühle auch nur im Ansatz zu zeigen. Und mit „man" meine ich mich. Das gilt doppelt, wenn dieser jemand das gleiche Geschlecht hat.

In dieser Situation auf dem Weihnachtsmarkt wusste ich deshalb überhaupt nicht, was ich nun machen sollte. Gedrängt dadurch, irgendetwas tun zu müssen, hob ich die Tasse an seine Lippen und ließ ihn trinken. Wie komisch das in dem Moment aussah, weiß ich nicht. Was hätte er aber auch sonst erwartet, wenn er doch die Tasse nicht selbst halten kann. Da er den noch ziemlich warmen Glühwein vorsichtig trinken musste, dauert die Situation noch dazu länger als gedacht.

Es gibt einfach Momente, in denen schaut man sich für gewöhnlich nicht in die Augen. Zwar ist es nicht sonderlich alltäglich, dass man jemanden aus einer Tasse trinken lässt, aber egal ob auf diese Weise oder ob man selbst trinkt, währenddessen schaut man einfach auf die Tasse. Punkt. Ich fühlte mich daher sicher, ihm kurz ins Gesicht zu schauen.

Ich erschrak beinahe, als es zum kurzen Blickkontakt kam, weil auch er mich ansah, und setzte die Tasse schnell wieder ab. Ob er überhaupt etwas trinken konnte, kann ich nicht sagen. Man kann jemanden anschauen, während derjenige es erwartet (bei Unterhaltungen) oder wenn derjenige dies eben nicht tut (creepy beobachten). Ich fühlte mich bei letzterem ertappt. Allerdings habe nicht nur ich nicht auf die Tasse gesehen. Er ja auch nicht. Und das verwirrte mich.

Es ging jetzt allerdings genug um Tassen. Diese Situation zeigt jedenfalls einmal mehr, wie viel ich in die kleinsten Momente und Blickkontakte hineinzuinterpretieren versuche und wie viel ich denke. Wäre das in der Uni nur auch mal so.

TAG 2

"Popcorn gekauft, Bier steht kalt 🙂 heute Abend läuft Jodel and chill 🤓🍿"
- @42

"Bist du rasiert und fresh? Man weiß nie was passiert"
- @21

"Lüfte vorher viel. Sehr viel. Und hab nur eine Decke bereit. Und dann dreh die Heizung volle Kanne auf... also erst unter eine Decke kuscheln und später weil es zu heiß wird ausziehen 😅"
- @35

"Ich hab gleich auch ein Date und ich glaube ich bin gespannter auf deins, als auf mein eigenes hahaha"
- @11

"Drück ihm nicht die Taschenlampe in den Rücken"
- @21

OJ

10. NOVEMBER 2017

Ich hatte kaum geschlafen. Eine echte Chance – was es laut den Jodlern war – nicht genutzt zu haben, nimmt mich wirklich mit. Da wäre es fast besser gewesen, sie hätten geschrieben, er hätte eh kein Interesse gezeigt. Aber so ist das wirklich schwierig. Umso überraschter bin ich, als er fragt, ob wir zusammen Fußball schauen wollen.

Das ist die einzige Stelle, an der ich in meinem Jodel zugegebenermaßen nicht ganz ehrlich war. In meinen Antworten zeigte ich mich zuversichtlicher und in besserer Gefühlslage, als ich war. Ich erweckte den Eindruck, als würde auch ich daran glauben, dass es noch einmal zu einer Situation kommt, in der irgendetwas passieren könnte. Als würde auch ich glauben, dass der folgende Abend auch nur annähernd ein Date sein könnte. Dafür war mir der Abend zuvor noch viel zu sehr in Erinnerung. Ich glaubte nämlich weiterhin überhaupt nicht, dass er irgendwie Interesse gezeigt hatte.

Was sollte das auch sein, wenn er den Moment so einschätzte, dass er es für nötig hielt gleich abzuhauen? Diese Aktion hat zu viele der Momente zuvor „kaputt gemacht", die mich vielleicht auf das Gegenteil hätten schließen lassen können.

All das führte dazu, dass ich kurz davor war, gestern eine Ausnahme sein zu lassen und mich heute nicht wieder mit ihm zu treffen. Ich tue mir wohl kaum einen Gefallen damit, ihn jetzt häufiger in mein Bett zu lassen und „gequält" daneben zu liegen.

Aber erneut „drängten" mich die Antworten in meinem Jodel. Ich wollte niemanden „enttäuschen", auch wenn – sofern ich mit meiner Einschätzung richtig lag – der Abend nicht zu meinem

Glück, sondern eher zu einer weiteren Situation führen würde, die die Mitjodler interpretierten, ohne dass sie dabei waren. Aber daran bin ich ja auch selbst schuld. Was sollen sie sonst tun?

Die Erwartungen, es müsse endlich etwas passieren, waren jedenfalls schon recht groß. Es ist wirklich komisch, sich von so etwas unter Druck setzen zu lassen, aber so bin ich leider. Meinen Jodel einfach zu löschen wäre aber auch blöd gewesen.

Hatte ich die Geschichte so falsch erzählt, dass jeder dachte, wir stünden kurz vor einem Kuss? Lag ich selbst so falsch? Hatten die Momente vor seinem Abhauen doch etwas zu bedeuten? Ist er abgehauen, weil er selbst verwirrt war? War das vielleicht erst ein Moment, in dem er realisierte, dass da etwas zwischen uns sein könnte? Endlose Fragen, ohne auch nur eine einzige Antwort zu haben.

Letztlich entscheide ich mich knapp für ein Treffen. Man klammert sich dann doch an den letzten Funken Hoffnung, auch wenn das Wahrscheinlichste eine weitere „Folter" ist. Selbst wenn er angezogen wäre.

Außerdem will ich nicht, dass wir beim nächsten Mal in größerer Runde kein Wort zu sagen haben und irgendjemand etwas bemerkt. Wie als wäre etwas zwischen zwei Freunden einer Gruppe passiert und man merkt es ihnen in der Sekunde an, in der sie beide dazustoßen. Eine Spannung, die jeder spürt.

Meinen Jodel würde ich dann wohl beenden müssen mit „Sorry zusammen, heute war es komplett kumpelhaft und es gab überhaupt keine besonderen Momente. Das war's leider". Enttäuschend für alle, am meisten für mich. Ein bisschen Unterhaltung für die anderen über zwei Tage, heftige Auswirkungen für mich für die nächsten Wochen und Monate.

Es macht mich wirklich nervös, wie das alles werden wird. Allerdings überrascht er mich, als er schließlich abends da ist. Er tut, als wäre nichts gewesen. Dabei ist es nie gut, einen Elefanten im Raum nicht anzusprechen. Aber was wäre schon die Alternative? „Du sag mal, was war das gestern"? Ich könnte ihn wahrscheinlich fragen, warum er so plötzlich verschwunden ist. Ehrlich wäre er dann aber wohl kaum. Weil ich mir vielleicht auch zu viel auf alles eingebildet habe und ich allgemein nicht sonderlich viel sage, ignoriere auch ich den Elefanten, den vielleicht ohnehin auch nur ich sehe.

Obwohl der gestrige Abend – zumindest für mich – die ganze Zeit im Hintergrund schwebt, ist es heute (äußerlich) viel ungezwungener, lockerer und vor allem nicht still. Es macht komischerweise doch irgendwie einen Unterschied, ob einer der Beteiligten einer Unterhaltung nackt ist.

Erst als das Fußballspiel losgeht, wird es etwas ruhiger. Allerdings ist auch das keine peinliche Stille wie sie gestern gegen Ende eine war. Eigenartig ist aber schon, dass er sonst Fußball eher emotional schaut. Vielleicht aber auch nur bei seiner Vereinsmannschaft. Ein Freundschaftsspiel der Nationalmannschaft ist da eben anders. Ich denke ganz offensichtlich wirklich über alles nach. Einfach mal den Kopf abschalten wäre hilfreich. Dass ich das im Folgenden allerdings derart wörtlich nehmen würde, war nicht geplant.

Ich weiß nicht, ob es auch jetzt der Drang ist, mal wieder etwas sagen zu müssen, wenn er es nicht tut, aber warum ich es dann aus dem Nichts dermaßen übertreibe, kann ich mir beim besten Willen nicht erklären. Spontane Dinge sollte ich einfach lassen. Ganz eindeutig.

Ich: „Findest du nicht, dass du zu viel anhast, dafür dass du in meinem Bett liegst?"

Er schaut mich an, dann ich ihn. Er scheint teilweise belustigt, überrascht, schockiert? Sein Gesichtsausdruck ist unmöglich zu deuten. „Wie viel soll ich denn anhaben?"

Als wäre das nicht genug gewesen, setze ich noch einen drauf: „Teile dieser Antwort würden dich verunsichern."

Ohne ein weiteres Wort und ohne einen weiteren Blick stehe ich auf und gehe in die Küche. Was genau habe ich da gerade bitte gesagt? Ich beschließe, nie wieder meinen Mund aufzumachen. Habe ich ernsthaft auf so offensichtlichste Weise mit ihm geflirtet? Und das, obwohl ich so überzeugt bin, dass das kein Date ist? Bei solchen Aussagen kann ich ihn auch direkt bitten, sich wieder auszuziehen, damit ich mehr von ihm sehen kann. Die Unterhose diesmal bitte auch. Zur Beruhigung versuche ich direkt wieder zu vergleichen, ob das ein (echter) Kumpel hätte sagen können. Den ersten Teil, wie ich finde, durchaus. Um auf eine scherzhafte Art den Elefanten doch noch anzusprechen. Eigentlich war das nüchtern betrachtet vielleicht sogar lustig. Aber den zweiten Teil? Trotz dessen, dass er kein sonderlicher Fan von Thomas de Maizière ist und man es deshalb als witzige Anspielung hätte verstehen können, wohl kaum. Dafür ist der Inhalt zu eindeutig. Scherzhaft kann man das einfach nicht meinen.

Obwohl ich von mir selbst noch völlig schockiert bin, denke ich plötzlich trotzdem, dass das insgesamt irgendwie doch ein ziemlich cooler Auftritt war. Aufzustehen und einfach zu gehen, ohne ihm die Chance zu geben noch etwas zu erwidern. Auch wenn ich gerne wüsste, was er wohl geantwortet hätte.

Mache ich mir jetzt Hoffnungen, dass er sich ausgezogen hat, wenn ich zurückkomme? Durchaus. Würde es mir gefallen? Ganz vielleicht.

Das erledigt sich, als er plötzlich hereinkommt. Angezogen. Ich hänge für ein Jodel-Update wieder einmal am Handy. Ich war derart überfordert, dass ich kurz loswerden musste, was ich da von mir gegeben habe.

„Musst du den Wein erst noch am Handy bestellen?“, meint er scherzhaft.

Hatte ich Angst, dass es durch meine komischen Sprüche jetzt komplett komisch wird? Absolut. Wurde es das? Überhaupt nicht. Irgendwie hat es das stattdessen endgültig aufgelockert. Elefanten anzusprechen ist eben doch die beste Lösung, wenn man es auch nicht zwingend auf die blödeste Art und Weise tun muss. Vielleicht war auch er irgendwie erleichtert, denn nicht viel später schläft er ein. Und schon startet wieder die Interpretationsmaschine in meinem Kopf. Es schläft doch niemand ein, wenn derjenige daneben liegt, auf den man steht? Mir würde das im Leben nicht einfallen. Oder fühlt er sich einfach so wohl? Das könnte wiederum auch auf einen Kumpel zutreffen.

In jedem Fall wieder eine Situation, mit der ich nicht umgehen kann. Ankuscheln? Dann so tun, als wäre auch ich eingeschlafen? Lieb gemeint, aber diese Jodel-Tipps sind mir eindeutig zu weitgehend. Das schaffe ich nicht. Außerdem soll er es schon mitkriegen, sollte ich mich ihm in irgendeinem Leben tatsächlich noch mal nähern.

Dennoch will ich die Situation irgendwie nutzen. Vielleicht glaube ich mittlerweile doch wieder daran, dass ich gestern wirklich eine Chance vertan habe. Das soll mir nicht nochmal passieren. Ich bin ganz offensichtlich dermaßen durch den Wind, dass ich gar nicht mehr weiß, was ich glauben soll.

Ich schaue ihn erst einmal nur an. Wie ich das erklären würde, wenn er jetzt die Augen aufmacht, weiß ich auch nicht. Da ich bisher nie mit ihm (alleine) in einem Raum war, während er geschlafen hat, und ich ihn bisher auch nicht bei ihm zuhause vom Fenster aus beobachtet habe, während er dies tat, ist alleine das etwas Besonderes. Anschauen, ohne sofort wieder wegsehen zu müssen.

Man mag jetzt vielleicht sagen, „war ja klar, dass das so ist“, aber es gibt tatsächlich nichts an ihm, das mir nicht gefällt. Seine Haare, seine Gesichtszüge, sein gerade leicht geöffneter Mund. Wie er nur ganz leicht atmet und sich dabei seine Brust langsam hebt und senkt. Dem könnte ich ewig zusehen. Außerdem weiß ich jetzt, wie es unter seinem T-Shirt aussieht, was die Situation nicht eben leichter macht. Wäre er lieber mal gestern eingeschlafen.

Alleine schon seine Körperhaltung mag ich, sogar während er einfach nur daliegt. Ein Arm auf dem Bauch, der andere daneben. Ein Bein angewinkelt, eines nicht. Und auch immer seine Hosen. Gewöhnlich trägt er zwar andere, aber wie kann eine Jogginghose nur derart attraktiv an jemandem aussehen. Wenn er sich jetzt strecken und dabei sein T-Shirt ein klein wenig hochrutschen würde, könnte ich wohl sehen, wie seine Boxershorts mit ihrem Rand leicht unter der Hose hervorschaut. Vielleicht würde auch ein bisschen Bauch freigelegt. Wenn ich mir wieder seinen Mund anschaue, hätte ich in diesem Moment alles dafür gegeben, ihn einfach küssen zu dürfen.

Ich schaue schnell weg, als mir klar wird, was ich da eigentlich tue, während er am Schlafen ist. Total creepy. Aber genau das, was nur der Vorstellung überlassen ist, macht mich gleich doppelt verrückt. Plötzlich bin ich durch meine Gedanken nervöser als gestern. Vielleicht kann ich mich diesmal wirklich einfach nicht mehr zurückhalten, ihn irgendwie zu berühren. Körperkontakt ist ja ein Schritt in die richtige Richtung. Wer jetzt aber erwartet, ich hätte ihn gestreichelt oder ähnliches, irrt. Das fiele dann wirklich in der Kategorie „Im Schlaf an ihn ranmachen“, was nicht nur komisch, sondern einfach unangebracht ist. Ich schiebe daher „nur“ mein

Bein in seine Richtung bis meine Kniescheibe seines berührt. Allerdings schreckt er hoch. Aus dem Augenwinkel sehe ich, dass er kurz zu mir schaut und dabei wohl denkt, es wäre mir gar nicht aufgefallen. Kurz darauf ist er aber schon wieder weggenickt.

Heute ist es wohl in jedem Fall hoffnungslos. Selbst wenn noch irgendetwas passierte, würde er es ziemlich sicher nicht mehr wissen, nachdem er sich schon die ganze Zeit zwischen Wachsein und Schlafen bewegt.

Ganz plötzlich setzt er sich auf: „So, jetzt werd ich dich mal nicht weiter belästigen."

„Gott, hast du mich jetzt erschreckt. Du kannst auch gerne hier pennen, wenn du magst."

Wieso kriegt er eigentlich nie mit, wenn ich mal cool reagiere und nichts Peinliches sage?

Ich höre von ihm nur noch ein „Oh Gott, Gott sei Dank" und schon liegt er wieder da.

Ich bin ziemlich verdutzt und weiß nicht, was ich noch sagen oder machen soll. Das ist allerdings auch gar nicht mehr nötig, denn er ist schon wieder eingeschlafen.

Eine Weile sitze ich einfach nur da. Etwas anderes als Bett stand für ihn scheinbar gar nicht zur Debatte. Ihn zur Couch zu tragen kommt auch eher weniger infrage. Außerdem will ich ja eigentlich auch nichts lieber als neben ihm schlafen, nur eben nicht auf diese Weise. Damit tue ich mir nun wirklich keinen Gefallen. Noch dazu würde ich niemals einfach so bei ihm im Bett übernachten. Niemand, der so locker damit umgeht, hat Interesse. Darin werde ich mir immer sicherer.

Ich überlege sogar kurz, ob stattdessen ich auf die Couch gehen soll. Das wäre allerdings ein katastrophales Zeichen, wenn er das sieht.

Letztlich entscheide ich mich für das komplette – vielleicht wieder einmal übertriebene – Gegenteil: Vor dem Bett ziehe ich mich bis auf die Unterhose aus. Aus mehreren Gründen: Erstens will ich zeigen, dass es nicht komisch war, dass ich ihn so gesehen habe und er gestern so dalag. Außerdem könnte es ja sein, dass er nachts aufwacht, mich so sieht und sich selbst auch wieder auszieht. Zu guter Letzt gebe ich zu, dass ich auch daran denke, was wäre, wenn er unbewusst kuschelt. Wenn das hier schon eine einmalige Sache sein mag und er einfach gerne als Kumpel hier abhängt, will ich erst morgen damit anfangen, über ihn hinwegzukommen. Ganz egoistisch will ich schöne Erinnerungen aus dieser Nacht ziehen, die zwar für das Über-ihn-hinwegkommen sicherlich furchtbar sind, mir aber dennoch für immer bleiben.

Man stelle sich nur einmal vor, er würde seinen Arm um mich und direkt auf meine Haut legen. Das wäre im Nachhinein zwar noch viel weniger ein Gefallen für meinen Gefühlszustand als einfach neben ihm zu schlafen, aber in diesem Moment kann ich – wenn ich noch ehrlicher bin – an nichts anderes denken, als dass genau das passieren könnte. Tatsächlich passt diese Aktion, mich plötzlich auszuziehen, so gar nicht zu mir. „Erregung" (damit meine ich jetzt zwingend sexuelle) durch die Attraktivität eines anderen lässt einen ja aber oft Dinge tun und denken, die nicht erklärbar sind.

Wenn ich diese drei Gedanken noch einmal lese, kommen sie mir selbst komplett absurd vor. Absurde Hoffnungen, die – vor allem im Vergleich zu meinem bisherigen Verhalten – weder irgendeinen Sinn machen noch rational gut für mich sind.

Ich lege mich also neben ihn. Jetzt wo der Fernseher aus ist, höre ich sein Atmen. Ich fühle seine Wärme, obwohl wir uns nicht berühren, spüre, wie er sich bewegt, rieche sein Shampoo, das heute nicht meines ist. Diese Nacht wird lang.

OJ

AM MORGEN DES 11. NOVEMBER 2017

Ich bin früh wach. Wie soll es auch anders sein. Es ist schon ungewohnt, dass nur irgendjemand neben mir schläft. Und dann er?

Dabei ist es ein unglaublich beruhigendes Gefühl, dass er neben mir liegt. Zu wissen, dass er neben mir aufwacht. Das mag auf den ersten Blick sehr schön klingen, bei mir steckt allerdings zu viel dahinter, wenn ich das sage. Ich will es erklären, auch wenn ich dabei ziemlich paranoid wirken mag.

Man denkt abends oder auch morgens manchmal vielleicht daran, was sein Schwarm (mir fällt leider kein besseres Wort ein) gerade so macht. Oder mit wem. Es mag ziemlich ungerecht sein, dass so auszudrücken oder so zu denken, aber man weiß ja nie genau, in wessen Bett er möglicherweise die Nacht verbringt oder verbracht hat.

Zwar weiß ich, dass er eigentlich kein solcher Mensch ist, obwohl er sicherlich oft die Möglichkeit dazu hätte. Vielleicht rede ich mir aber auch nur ein, dass er so etwas nicht macht. Ich will One-Night-Stands auch überhaupt nicht verurteilen. Das kann natürlich jeder machen, wie er oder sie will. Es geht mir nur darum, dass es mich verrückt macht, wenn ich mir das bei ihm vorstelle. Es macht mich verrückt, dass ich nicht weiß, was er in dieser Hinsicht so macht. Es macht mich verrückt, weil ich davon natürlich eigentlich auch überhaupt nichts wissen will. Wahrscheinlich würde ich dann durchdrehen.

Schlimmer macht es noch dazu, dass ich weiß, dass er extrovertiert ist, feiern geht und dabei wahrscheinlich meist nicht nüchtern bleibt. Wie er aussieht, weiß ich sowieso.

Ich liege wohl nicht komplett falsch, wenn ich sage, dass jemand wie er in den zwei Jahren, die ich ihn nun kenne, sicher nicht komplett im Kloster gelebt hat. Warum auch. Die „exklusive Beziehung" zwischen uns besteht ja leider nur in meinem Kopf.

Die Umstände, die zu dem führen, worauf man eifersüchtig ist, sind dabei völlig gleichgültig, all das trifft nämlich genauso auf eine „Freundschaft plus" zu. Oder er hat in der langen Zeit sogar eine Frau gefunden, mit der er sich mehr vorstellen konnte. Sie trafen sich länger, kamen fast zusammen.

Selbst wenn er also in dieser Zeit auch nur einmal mit jemandem geschlafen hätte – ob nun als One-Night-Stand, Freundschaft plus oder in einer (Beinahe-)Beziehung –, lag ich dabei in meinem Bett und war zu Recht eifersüchtig. Nur wusste und weiß ich nie, ob es gerade zutrifft oder nicht. Sicher ist nur, dass es irgendwann zugetroffen hat und auch in Zukunft zutreffen wird. Schrödingers Eifersucht sozusagen.

Wenn er eine feste Freundin gehabt hätte, hätte ich das wohl mitbekommen. Die Eifersucht wäre dann zwar sicher nicht weniger, aber mit der Gewissheit vielleicht leichter zu handhaben gewesen. Oder auch nicht; dann hätte man sich nicht mehr an die Hoffnung klammern können, dass er – zumindest gerade – mit niemandem etwas hat.

All das heißt keinesfalls, dass ich jeden Abend einschlafe bzw. jeden Morgen aufwache und zuerst an ihn und seine möglichen nächtlichen Ausflüge denke, an das, was er möglicherweise gemacht hat. Das wäre ja verrückt. An schlechten Tagen kommt das aber durchaus vor. Und zieht mich dann ordentlich runter.

Es ist schon echt verrückt, wie eifersüchtig man auf jemanden sein kann, ohne dass man auch nur ansatzweise ein Recht dazu hätte. Schuldzuweisungen fallen aus, es liegt komplett an einem selbst, da der Auslöser nichts davon weiß ebenso wie die Tatsache, dass man ihm dadurch die Möglichkeit nimmt, darauf in irgendeiner Form zu reagieren. Sei es, dass er sich bei viel Glück doch einem selbst nähert, sei es, dass man Gewissheit hat, Abstand gewinnen und sich Neuem zuwenden kann. Der Gedanke, dass man durch die kleinste Aktion unbewusst jemanden ziemlich eifersüchtig machen und verletzen kann, ohne auch nur ansatzweise davon zu wissen, verdient jedenfalls kurz gedacht zu werden.

Noch schlimmer wäre nur, wenn all das in seinem Fall nicht auf Frauen, sondern auf Männer zuträfe. Zu wissen, dass man aufgrund seines Geschlechts grundsätzlich nicht ausgeschlossen ist, man es stattdessen selbst nicht „schafft", ist niederschmetternd.

In der Hinsicht ist man als schwuler Mann vielleicht sogar im Vorteil. Man kann Abweisung in den allermeisten Fällen darauf schieben, dass „er eben nicht auf Typen steht". Heterosexuelle müssen dann mit dem anderen Fall leben.

Das mag jetzt vielleicht ein Widerspruch zu meiner „persönlichen" und „pauschalen Abweisung" weiter oben sein. Oder es zeigt einfach meine große Verwirrung. An dem Gefühl der Eifersucht ändert es jedenfalls nicht viel. Vielleicht ist der Geschlechterbezug auch einfach falsch. Bei dem Gedanken an Männer geht es mir jedenfalls deutlich schlechter. Es mag andere Erklärungen geben.

Auf jeden Fall ist es beruhigend zu wissen, dass er jetzt neben mir liegt. Natürlich ist der Hauptgrund hierfür auch nicht, dass er damit bei niemand anderem sein kann – das ist, wie gesagt, höchstens an schlechteren Tagen ein Thema. Man muss sich ja damit abfinden. Vielmehr liegt es an meinem höher schlagenden Herz, wenn er in meiner Nähe ist, an seiner lockeren Art, seinem Charisma, gegen das niemand eine Chance hat. All das möchte ich immer um mich haben. Wenn ich morgens die Augen öffne ebenso wie wenn ich sie abends schließe. Und vor allem die ganze Zeit dazwischen. Dass er neben mir liegt, dass ich ihn berühren kann.

Irgendwann versuche ich unauffällig aufzustehen. Und ärgere mich schon, dass er anscheinend gar nicht mitbekommen hat, wie ich geschlafen habe, und meine absurden Hoffnungen letztlich genau das geblieben sind. Doch plötzlich sagt er etwas aus dem Nichts: „Hast dir wohl mein gutaussehendes Outfit abgeschaut."

Jetzt kommt von mir natürlich kein cooles „Gott, hast du mich erschreckt" oder sogar „Dir steht es aber besser". Stattdessen grinse ich blöd und gehe ins Bad. Weitere Chance verpasst. Einfach traumhaft.

Aber hat er nun geflirtet? Oder war es doch nur ein kumpelhaftes Daherreden, so wie auch „Findest du nicht, dass du zu viel anhast, dafür dass du in meinem Bett liegst" eines sein könnte? Sehe ich das

Offensichtliche nicht, dessen sich andere so sicher sind? Oder gibt es einfach nichts zu sehen?

Wenn ich so vor dem Spiegel stehe, ärgere ich mich nun sogar, dass er mich nun doch so gesehen hat. Dumme Idee. Sicherlich amüsant, wenn der FC Bayern ein Spiel des FSV Frankfurt sieht. Wie das erst wäre, wenn sie aufeinandertreffen. Ein direkter Vergleich kann nur blamabel enden.

Frisch geduscht und angezogen komme ich zurück ins Zimmer.

Er liegt noch im Bett (auf der Decke allerdings) und hat den Fernseher angemacht. Als würde er sich wie zuhause fühlen. Auch wenn mir bewusst ist, dass so etwas nun wirklich nicht viel Raum für Interpretation bietet. Mir gefallen solche Kleinigkeiten einfach.

„Magst du was essen?"

„Nee, ich wollte eigentlich nur noch warten, bis du fertig bist. Ich muss dann mal wieder los. Sorry, ich war einfach mega müde."

„Ist doch kein Ding."

Wie sagt man, dass es einem gefallen hat, dass er geblieben ist, ohne dass es flehend nach „Bitte geh nicht" klingt?

„Na dann, danke für den Schlafplatz."

Irgendwie klingt er dabei ein wenig belustigt. Oder peinlich berührt?

Er nimmt mich kurz in den Arm und geht.

OJ

RÜCKBLICK

ANFANG AUGUST 2017

Er hatte mir geschrieben und gefragt, ob ich Lust hätte, mit ihm und „einer Freundin" ins Kino zu gehen. Ich sah dabei keine Gefahr und stimmte zu.

Die Freundin kannte ich bisher nicht, was dazu führte, dass ich mich schnell als fünftes Rad am Wagen fühlte. Eigentlich war sie ja genau in derselben Situation wie ich, aber trotzdem... Ich redete mir allerdings ein, dass es dann zumindest kein Date zwischen den beiden sein konnte. Sonst hätte er mich wohl kaum gefragt, ob ich mitkommen will.

Generell erscheint es mir echt unnormal, in jeder Frau, mit der er zu tun hat, eine potenzielle Partnerin bei was auch immer zu sehen. Ein wenig krankhaft? Vielleicht. Aber zur Wahrheit gehört es leider dazu. Das ist aber auch etwas, worüber ich mir eher an schlechten Tagen Gedanken mache.

Als sie im Kino kurz auf Toilette war, dachte ich darüber nach, ihn zu fragen, ob zwischen ihm und ihr irgendetwas läuft. Natürlich auf eine coole und lockere Art und Weise, wie es ein Kumpel unter Männern tun würde. Ganz abgesehen davon, ob mir das hätte gelingen können, hatte ich einfach zu viel Angst vor der Antwort und ließ es bleiben. Auch wenn mein Gerede von eben nicht dauerhaft akut ist, will man sich ja auch nicht selbst eine Wunde aufreißen und einen Salzstreuer darüber auskippen.

Ich hatte auch überlegt, ob ich ihn fragen sollte, warum er mich überhaupt mitgenommen hat. Das wäre allerdings komplett bescheuert gewesen. Der Sinn dieser Frage ist mir selbst nicht ganz klar.

Er sagte allerdings auch nichts. Stattdessen beobachtete ich ihn unauffällig dabei, wie er sein Popcorn hielt und immer wieder in die Tüte griff. Bevor sein Mund leer war, schob er schon das nächste nach. Dabei muss man sich schon fragen, wie es einem als süß auffallen kann, wenn und wie jemand isst. Allerdings hätte er wahrscheinlich tun können, was er wollte, ich hätte alles süß gefunden. Nicht die Handlung an sich, sondern weil er es ist.

Nach dem Film gingen wir noch in eine Bar, in der das fünfte Rad noch sperriger wurde. Deshalb fühlte ich mich auch etwas unwohl. Es ist für mich immer etwas schwierig, jemand neues zu treffen. Trotzdem gab ich mir alle Mühe, mich am Gespräch zu beteiligen. Er macht es einem auch wirklich nicht schwer, weil er immer jeden mit einschließt. Die „Gesprächsleitung“ hat irgendwie ohnehin meist er.

Immerhin bezahlte er nicht für sie mit. Am Ende hätte er sonst noch gefragt, was ich von ihr halte. Als ich draußen von ihnen weglief, drehte ich mich nicht mehr um. Ich wollte gar nicht sehen, ob sie zusammen gingen. Zu ihm oder zu ihr.

Dass ich es vermied, etwas mit ihm alleine zu machen, hatte seine Gründe. Ich merkte allerdings, dass es noch bessere dafür gab, nichts zu dritt zu machen. Mit beidem tat ich mir keinen Gefallen.

TAG 3

"Netflix & Chill 😏"
- @27

"Ich sag bang bang bangity bang..."
- @20

"Brokeback Mountain? 😏"
- @46

OJ

AM ABEND DES 11. NOVEMBER 2017

Wenn man sich sonst nie umarmt hat, was war dann das heute Morgen?

Eine Frage, mit der man sich einen ganzen Samstag beschäftigen kann. Wer braucht da schon seine Uni-Sachen? Reine Etikette nach einer Übernachtung ist das wohl kaum. Andererseits hatte er eben noch nie bei mir übernachtet.

Ich habe mein übertriebenes Nachdenken – was mich selbst am meisten nervt – noch nicht beendet, da steht schon die nächste Aufregung ins Haus. Er schreibt mir: „Bock nachher zu netflixen? Bin auch wacher als gestern!"

Nachdem die Jodel-Community daraufhin schon von den eindeutigsten Dingen ausgeht und die krassesten Filme vorschlägt, die das alles mal stärker voranbringen, bin ich noch immer hin und her gerissen. Ich will unbedingt die Abende mit ihm verbringen, ihn anschauen, sein Lachen hören, wieder seine Wärme spüren. Andererseits steigere ich mich stündlich weiter in diese Sache hinein. Vor ein paar Tagen konnte ich den „Kumpel" noch überzeugend spielen, jetzt fällt es mir schwer ihm bei einer normalen Unterhaltung in die Augen zu sehen. Wenn ich das also in diesem Tempo weiterverfolge, wo ich es bisher doch eigentlich vermieden hatte, nur zu zweit zu sein, endet das richtig böse, wenn er einfach nur abhängen will.

Wenn man sich so – zumindest aus seiner Sicht – noch enger „anfreundet" und er dann doch mit einer Frauen-Geschichte herausplatzt, weil man sich dann noch besser kennt und sich mehr erzählt... Wie ich mittlerweile darauf reagieren würde, kann ich nicht mehr einschätzen.

Ich beschließe der Sache noch einen Abend lang eine Chance zu geben. Dann muss ich mich entscheiden: Entweder Kontaktabbruch – das wird lustig, ihm das zu erklären – oder weitermachen mit der Gefahr des kompletten seelischen Absturzes. Das Zwischending mit häufiger in der Gruppe sehen ist jetzt irgendwie vom Tisch.

Er ist pünktlich um halb neun da. Ich öffne ihm die Tür.

„Hey, ich schon wieder“, meint er grinsend. Damit ist die Stimmung gleich gelockert. Er weiß einfach immer, was zu sagen ist.

„Na schon einen Film überlegt? Für einen Serien-Marathon bin ich wahrscheinlich zu müde, haha. Nee Spaß, ich hätte Bock auf einen Horrorfilm.“

Zeit zum Antworten habe ich, selbst wenn ich gewollt oder gekonnt hätte, nicht. Man könnte meinen, er redet vielleicht aus Nervosität viel, aber so ist er einfach. Auch das kann man jetzt wieder so oder so sehen, wenn er sich völlig normal verhält. Oder ist das nur äußerlich?

„Passt, Horrorfilme sind geil.“ Horrorfilme sind vieles, ganz sicher aber nicht geil...

Er hat Wein mitgebracht, den er mir schon beim Reinkommen in die Hand gedrückt hatte.

„Gläser?“ meint er mit Blick auf die Flasche.

„Hol ich.“

Das kann ja was werden, wenn er mich jetzt schon so durch den Abend schubsen muss. Irgendwie bin ich noch nicht wirklich da. Oder ich bin in meiner Vorstellungs-Parallelwelt. „Na los, heute muss irgendwas passieren“, sage ich dort. „Wir könnten eigentlich gleich in Unterhosen schauen. Was hältst du davon?“

„Such du mal einen Film... oder ‘ne Serie, falls du es schaffst, wach zu bleiben“, füge ich stattdessen hinzu. Ein bisschen cool, denke ich.

Ich muss aber dringend lockerer werden. Das Einfachste wäre, eine meiner Weinflaschen in der Küche schnell alleine zu kippen. Ich bleibe aber lieber dabei, meinen Alkohol in seiner Gegenwart zu kontrollieren. Sonst mache ich am Ende etwas zu Unüberlegtes.

„Wir sollten mal Cocktails mixen oder so“, meint er, als ich zurückkomme.

„Kannst du das denn?“

„Ich kann alles“, antwortet er grinsend und sucht weiter durch die Filme. „Bei Wein komme ich mir immer so alt vor. Wie so ein Opa am Sonntagnachmittag, nachdem er schon fünf Bier hatte.“

„Und welcher Opa hat nochmal die Flasche mitgebracht?“

„Du trinkst doch am liebsten Rotwein, oder nicht?!“

„Wer sagt das?“

„Stimmt das denn nicht?“

„Doch schon.“

Das steht erst einmal im Raum. Ich fange schon wieder an, mir Dinge einzubilden. Totaler Quatsch, ich weiß von vielen Freunden, was sie gerne trinken.

„Ich kann nicht nur alles, ich weiß sogar alles“, sagt er nach einer Weile. Wieder mit seinem verschmitzten Grinsen. Er sucht weiter.

Auch dann erst einmal Stille.

„Also bin ich der Opa?“, frage ich dann.

„Na immerhin bist du älter als ich.“ Sein Lachen ist so übertrieben süß. Seine Schlagfertigkeit will ich auch. Nun gut, eigentlich habe ich sie, nur nicht ihm gegenüber.

Wenn man diese Unterhaltung so liest, wirkt sie vielleicht etwas lächerlich oder gar kindisch. In Wahrheit war sie aber neckisch und brachte mir das Gefühl, ihm noch ein Stückchen näher zu sein.

Immerhin habe ich etwas zu tun und schenke den Wein ein. Nachdem er einen Film gefunden hat, der „gut sein soll“ – dass das meiner Meinung nach auf keinen Horrorfilm zutreffen kann, verschweige ich –, stoßen wir an.

Ich: „Wie hältst du denn dein Glas?! Du musst es unten halten.“

Er: „Macht der Gewohnheit. Wenn man mal fünf hatte, ist das zu wackelig.“

Was soll man bei seinen Antworten schon noch erwidern. Ich jedenfalls fühle mich komplett unlustig und langweilig. Mir fällt einfach nichts ein. Könnte man Unterhaltungen vorbereiten, würde ich Drehbücher schreiben. Meine Jodel-Unterstützung würde sich, könnte sie mich sehen, jede Minute die Hand vors Gesicht schlagen. Heute werde ich lieber vieles verschweigen, um nicht wie der größte Depp dazustehen. Er hält sein Glas weiterhin oben, stößt gegen meines und grinst wieder verschmitzt. Kurzer Blickkontakt.

Wir legen uns aufs Bett. Erst mit etwas Abstand zwischen uns, während nur er den Laptop auf dem Schoß hat.

„So siehst du ja nichts", meint er dann und rückt näher an mich heran. Als er meinen Arm berührt, verschränke ich meine, damit etwas Abstand bleibt. Großartiger Move. Je mehr Interesse ich habe, desto weniger zeige ich es.

Es war aber ein Reflex, damit er genug Platz hat. Oder noch näher rücken kann, wenn ich es gezwungen positiv sehen will. Das tut er aber nicht. Er stellt den Laptop als Brücke halb auf mein, halb auf sein Bein zwischen uns und bleibt so liegen, dass sich nicht einmal unsere Schultern berühren. Das habe ich super gemacht.

Der Film ist schrecklich. Und offenbar ist es ziemlich lustig, wenn ich mich erschrecke. Es ist peinlich, doch gleichzeitig hilft es. Ich erschrecke und mein rechter Arm fällt von meiner Brust zwischen uns. Schon so weit, dass er ihn berührt. Ich erwische einen ziemlich mutigen Moment und schiebe etwas nach, sodass er es hoffentlich auch spürt. Ich habe ihm also praktisch den Ellenbogen in die Seite gerammt. Ich weiß allerdings nicht, ob er das auch tatsächlich mitbekommen hat. Wahrscheinlich war das nur in meinem Kopf mutig und dieser eine Millimeter hat es dann auch nicht mehr rausgerissen.

Der Peinlichkeiten noch nicht genug; ich laufe jetzt erst zur Hochform auf. Würde ich das alles auf Jodel erzählen, man hielte mich für komplett unfähig und bescheuert. Mit der Zeit wird so ein Laptop auf dem Schoß jedenfalls ziemlich warm. Ich hebe ihn daher an.

„Der wird heiß. Das bläst hier", erkläre ich.

Großer Gott, höre ich mir eigentlich selbst zu? Er lacht kurz. Ob er es aber so verstanden hat, wie es mir jetzt Kopfzerbrechen bereitet, weiß ich nicht. Ich bete, dass nicht. Mir ist jedenfalls schlagartig zehn Mal wärmer als mit Laptop. Eigentlich wieder ziemlich kindisch, fähiger als ein Kind fühle ich mich aber auch nicht.

Trotzdem nutze ich den Moment, um den Laptop kurz hochzuhalten und mich etwas zu richten – oder zumindest so zu tun – und lege mich dann näher an ihn heran, sodass sich nun unsere Arme berühren. Ich ziehe den Laptop etwas höher zum Bauch. Damit er besser steht, schiebe ich mich noch weiter zu ihm. Er rückt nicht ab.

Wäre das einem Kumpel nicht mittlerweile zu viel?

Woher ich in solchen Momenten den plötzlichen Mut nehme, wo ich mich doch sonst überhaupt nichts traue, weiß ich nicht. Auch hier entscheide ich wohl unterbewusst, wie es wirkt und ob man das zwischen männlichen Freunden machen würde oder nicht. Interesse will ich damit nämlich gar nicht zeigen. Dazu bin ich viel zu schüchtern.

Wenn der Laptop also nicht ganz hält, muss ich näher rücken, weil das jeder so machen würde. All das, was man bei mir als „Schritte" betrachten könnte, ist also nichts weiter als der Nebeneffekt von Dingen, die ich machen „muss", weil sie – zumindest nach meiner Einschätzung – jeder machen würde. Wie soll da auch einer checken, wenn ich Interesse habe?

Wenn ich es nun aber schon mal in diese Position geschafft habe, will ich sie auch nicht beenden, nur weil der Abspann beginnt. Der läuft also bis zum Ende durch und ein neuer Film wird vorgeschlagen.

Nach einer ganzen Weile frage ich: „Schläfst du?" Er lacht.

„Nein. Hab doch gesagt, ich bin heute wach."

Wieder liegen wir eine Weile da.

Statt einfach die Situation und seine Nähe zu genießen, meine ich wieder, etwas sagen zu müssen. Wenn man wenig redet und gewohnt ist, dass andere das übernehmen, wird einem Stille irgendwann unangenehm, weil man denkt, der andere erwartet, dass man auch mal etwas sagt.

„Noch einen?"

„Klar. Hab da vorhin noch einen gesehen und wusste nicht, ob ich den oder den anderen nehmen soll." Also noch einen Horrorfilm. Der ist allerdings eher eklig als zum Erschrecken, damit kann ich leben.

Irgendwann richtet auch er sich etwas und legt sich wieder genauso nah an mich. Mit dem Unterschied, dass jetzt sein Fuß meinen berührt. Es liegt nicht nur am Alkohol, dass mir immer wärmer wird.

Ich weiß nicht, wie lächerlich es klingt, wie ich hier jede noch so kleine Bewegung beschreibe, welches Körperteil was genau berührt hat. Wenn man allerdings dort liegt, achtet man auf genau solche Details, denkt aber gleichzeitig: Im schlechtesten Fall fällt es ihm nicht einmal auf.

Wie unterschiedlich man solche Situationen sehen kann. Er hat ja keine Ahnung, wie verrückt er mich gerade macht.

Ich bewege ein wenig meinen Fuß. Wäre es die Hand, könnte man ähnliches fast als Streicheln bezeichnen. Er rückt nicht ab. Irgendwann macht er dasselbe. Auch ich rücke nicht ab.

Das ist unter Kumpel doch nun wirklich komisch?! So vergeht der zweite Film. Auch danach liegen wir eine Weile da. Dann bekommt er leider einen Anruf.

„Ich geh kurz ran, ja?", meint er, steht auf und geht in die Küche.

Wer ruft ihn so spät an? So wie er redet, wohl keine Frau. Eher irgendein Kumpel, der versucht, ihn zu irgendetwas zu überreden. Es ist ja schließlich Samstagabend.

Ich verstehe nicht alles, will ihn ja eigentlich auch gar nicht belauschen. Er ist schließlich extra aus dem Zimmer gegangen.

„Nö, ich komm nicht mit, will hier nicht weg jetzt" überhöre ich aber nicht. Er zieht mich irgendeiner Party vor. Oder will er mich jetzt einfach nicht hier „sitzen lassen", weil er etwas „Besseres" gefunden hat? Die Grundsatzfrage zwischen Interesse und Nettigkeit. Etwas sagen wie „Du kannst ruhig gehen, wenn du irgendwo hin willst" werde ich aber sicher nicht. Eigentlich habe ich ja auch nichts gehört. Den Gedanken, dass er jetzt eigentlich doch lieber woanders wäre, habe ich trotzdem ständig im Hinterkopf. Wenn auch nur ein wenig, er ist ja schließlich geblieben. Außerdem kann man auch alles zwanghaft negativ sehen. Der Alkohol hilft, dass ich dem Positiven einiges mehr abgewinne.

Er legt sich wieder neben mich.

„Jetzt aber keinen mehr, oder?"

Ok, denke ich mir, er geht doch.

„Nee, reicht“, antworte ich und glaube, nicht enttäuscht geklungen zu haben.

„Hast du noch ne Flasche Wein?“

„Immer doch“, antworte ich und glaube, nicht euphorisch geklungen zu haben.

Er trinkt das nächste Glas auf einmal. „Gleich nochmal“, sagt er lachend und hält mir das Glas zum Nachschenken hin.

Wir legen uns wieder hin, allerdings nicht mehr so nah beisammen. Er dreht sich stattdessen in meine Richtung auf die Seite, um sich besser unterhalten zu können. Ich schaffe das nicht und hoffe, nicht blöd zu wirken, wenn ich weiter normal daliege. Ich schaue dafür oft rüber.

Wir kommen von einem Thema zum nächsten. Er erzählt mir Dinge, die er, so denke ich, nicht jedem erzählt. Ich tue dasselbe. Mit genug Alkohol werde auch ich lockerer. Eine wirklich schöne, ungezwungene Unterhaltung, die uns näher bringt. Kein Wort über Frauen, Beziehungen etc. Kommt es dazu nicht normalerweise unweigerlich, wenn man sich länger unterhält? Spricht das bewusst keiner an? Ich werde jedenfalls einen Teufel tun und ihn nach Frauengeschichten fragen.

Er schaut irgendwann auf seine Handyuhr.

„Ist jetzt echt spät geworden, soll ich gehen?“

Ich bringe nicht mehr über mich als „Wie du magst“.

„Äh nee, das musst schon du sagen.“

Ich schaue rüber: „Dann nein.“

Er lächelt.

Ich schaue lieber wieder weg.

„Schlafen wäre demnächst aber schon ganz nice, oder? Ich weiß, ich hab gesagt, ich bin wach, aber...“

„Aber?“

„...der Wein und so. Jetzt weißt du auch, warum alte Menschen viel schlafen.“ Dabei lacht er wieder so süß.

Dann tue ich etwas, das ich ohne Alkohol sicher nicht getan hätte. Während er ins Bad geht, stehe ich auf und ziehe mich bis auf die

Unterhose aus. Ich schlafe sonst eigentlich nicht einmal nur so, schon gar nicht im Winter.

Als er zurückkommt, gehe ich an ihm vorbei als wäre alles völlig normal. Dabei merke ich, dass ich doch ordentlich getrunken habe. Im Bad frage ich mich trotzdem kurz, was ich da eigentlich tue. Ich habe mich offenbar gegen Kontaktabbruch entschieden. Das will ich ja auch überhaupt nicht. Ich muss das Risiko wohl eingehen.

Als ich wieder ins Zimmer komme, sehe ich, worauf ich gehofft hatte: Er liegt in Boxershorts auf dem Bett. Diese sehen noch besser aus als die letzten. Ich kann auf dem Weg zum Bett sogar gefahrlos einen Blick auf den Rest seines Körpers werfen.

Er ist am Handy. Weil er sonst nicht weiß, wo er hinschauen oder was er machen soll? War es doch irgendwie komisch von mir? Ihn gezwungen, dasselbe zu tun, habe ich jedenfalls nicht.

Wie durchdacht das dann von ihm war, weiß ich trotzdem nicht. Wenn da nichts ist, hat vorgestern gezeigt, dass seine Hemmschwelle niedrig ist. Vielleicht schläft er auch einfach immer so. Außerdem habe ich mich ausgezogen, warum also nicht auch er? Zwar hatte ich gehofft, dass er genau das tut, aber bin plötzlich genauso verunsichert, als würde nur ich hier jetzt komplett nackt stehen. Erst lege ich mich unter die Decke, dann er. Sagen tue ich nichts mehr, lösche nur noch das Licht. Es ist doch irgendwie alles komisch. Nach einem so schönen Abend habe ich es übertrieben und wurde übermütig.

Er ist noch eine Weile ziemlich unruhig. Irgendwann berühren sich wieder unsere Beine. Haut auf Haut. Jetzt nicht mehr bewegen.

OJ

AM MORGEN DES 12. NOVEMBER 2017

Ich werde heute dringend einmal tagsüber schlafen müssen. Das wird nämlich nichts, wenn er daneben liegt. Wenn wir heiraten, werde ich nie wieder schlafen können.

Heute hat er wirklich noch geschlafen, als ich aufgestanden bin. Ich nehme eine schnelle Dusche und ziehe zumindest T-Shirt und Jogginghose an. Eine sehr weise Entscheidung. Als ich nämlich ins Zimmer zurückkomme, sitzt er angezogen auf der Bettkante. Das wäre peinlich geworden.

Wir lächeln erstmal nur, sagen nichts. Ich krame irgendwas rum. Nach einer Zeit, als es für eine „Begrüßung" eigentlich schon zu spät ist, sagt er nur „Hey". Dabei kratzt er sich schüchtern am Hinterkopf und schaut, als wüsste er nicht genau, was ich über „letzte Nacht" denke. Als würde er irgendeine Reaktion erwarten.

Auch wenn es überhaupt nicht zur Situation passt, wirkt es, als würde eine Person von der anderen erwarten, dass sie endlich etwas sagt, weil Person 1 denkt, sie hätte etwas gemacht, was Person 2 nicht gefällt. Person 1 wartet dringend auf eine Reaktion, damit sie weiß, wie sie sich verhalten soll. Oder dass Person 2 zumindest irgendetwas dazu sagt. Vielleicht versteht man bei diesen wirren Gedanken, was ich meine.

Die Stimmung ist nicht komisch, aber doch irgendwie eigenartig. Ich stelle sie mir nach einem One-Night-Stand genauso vor. Niemand weiß so wirklich, was er sagen soll. Und ich bin nun wahrlich kein Experte darin, wie man aus so etwas wieder heraussteuert.

Da ich aber irgendetwas antworten muss, sage ich: „Wonach hast du die Filme eigentlich ausgewählt? Ich finde auf Netflix eigentlich nie irgendwas und suche stundenlang." Das war anscheinend sein Signal, komplett normal sein zu können. Habe ich irgendwas nicht mitgekriegt? Ist irgendetwas passiert, wovon ich nichts weiß? Es reichte jedenfalls aus, wiederum mich komplett zu verunsichern.

„Magst du was essen?" frage ich vorsichtig.

„Äh nee, ich brauch so schnell nichts." Wir müssen lachen.

„Ich mach mich auch mal wieder auf den Weg, dann kannst du dich vielleicht auch nochmal hinlegen."

TAG 4

"@OJ sag mal was du alles zu hause hast was sich nach nachtischutensilien anhört. Bin fast ausgelernte köchin ich schreib dir was du daraus basteln kannst"
- @24

"Darf ich kurz anmerken, dass dies das erste Mal ist, dass ich merke, wie die Jodelgemeinde sich gegenseitig hilft? 🙈"
- @40

OJ

AM ABEND DES 12. NOVEMBER 2017

Man kann jemanden ganz normal danach fragen, ob er Lust hat, etwas zusammen zu unternehmen, oder man kann ich sein. Man glaubt es kaum, aber auch dabei kann man sich blamieren.

Warum ich ihn überhaupt gefragt habe? Vielleicht hatte mittlerweile sogar ich mir gut genug eingeredet, dass da irgendwie möglicherweise doch etwas sein könnte. Oder meine Jodler haben das getan. So richtig normal ist das Ganze jedenfalls nicht.

Um also selbst einmal zu zeigen, dass es mir sehr gefällt, wenn er bei mir ist, will ich etwas vorschlagen. Das sehen die Jodler genauso. Zusammen kochen scheint eine gute Möglichkeit, sich vielleicht sogar wieder näher zu kommen. Es kann zumindest lustig sein, vor allem, wenn man dabei so unfähig ist wie ich es bin.

Mein persönliches Paradoxon schlägt aber erneut zu. Fest geplant, dass ich ihn danach frage, ob er zusammen kochen will, lege ich dennoch einen komplett undurchdachten, weil spontanen Auftritt hin.

Ich schreibe ihm: „Hast du mal Sushi selbst gemacht?“

„Klar, was willst du denn machen?“

„Keine Ahnung.“

„Und was hast du dafür da?“

„Nichts.“

„Ich bring alles mit.“

„Was willst DU denn machen?“ Vielleicht hat mich das rausgebracht, weil er gar nicht verstanden zu haben schien, dass er dabei sein soll. Ich gebe zu, technisch gesehen habe ich ihn auch gar nicht gefragt. Er hat sich – wegen meiner peinlichen Aussagen – vielmehr selbst eingeladen. Allerdings war meine Einstiegsfrage ja schon vollkommen dumm, da ich erstens wirklich überhaupt nichts zuhause hatte – was von Vorteil ist, wenn man jemanden einlädt – und zweitens Sonntag war. Hinzu kommt, dass ich weder Fisch noch Reis mag. Es läuft, würde ich sagen.

Was tut man nicht alles, um die Chancen zu erhöhen, dass er zusagt. Bei Sushi kann er einfach nicht widerstehen. Man hätte zwar auch einfach fragen können, ob wir es bestellen wollen, aber warum einfach, wenn's auch kompliziert geht. Außerdem war ja Kochen der Plan.

Hätte er, wenn er sich nicht auch wirklich treffen wollte, nicht anders reagiert? Zum Beispiel „Ich zeig dir das demnächst mal" oder „Lass das mal machen, wenn du was da hast"? Diese ganze Unsicherheit macht mich verrückt.

Die Jodel-Community in Frankfurt ist im Vergleich zu eigentlich allen anderen Städten... speziell. Meine bisherigen Erfahrungen waren auch eher negativ. An die vielen Beleidigungen muss man sich einfach erst gewöhnen. Hilfe sollte man ohnehin nicht erwarten.

Wie es deshalb zu meinem Jodel kommen konnte, kann ich mir nicht ganz erklären, macht mich aber ein wenig stolz. Keine Beleidigungen, keine dummen Kommentare, kein Schwulenhass. Und als es darum ging, dass ich einen Nachtisch machen könnte, wurde ich mit Vorschlägen überhäuft. Rezepte, sogar Angebote, mir etwas Fertiges vorbeizubringen. Unglaublich. Spätestens jetzt war bewiesen, dass Frankfurt nicht nur asozial sein kann.

Um acht kommt er schließlich vorbei.

Ich: „Wo hast du das ganze Zeug eigentlich plötzlich her?"

„Ich bitte dich, auf Sushi bin ich immer vorbereitet. Außerdem sind Mitbewohner nur von Vorteil. Da kauft es sich von ganz alleine ein."

Er lacht.

„Und du kannst sicher was essen? Oder bist du immer noch verkatert?"

„Klappe, ich sterbe vor Hunger."

„Magst du Wein?"

„Nee das lassen wir heute lieber mal."

Er lacht wieder verlegen.

Schachmatt. Ein ziemlich cooler und nicht blamabler Auftritt meinerseits.

Wir gehen in die Küche und er startet seine Lehrstunde in Sachen Sushi. Er erklärt mir, was ich wie zu machen habe. Ich dagegen muss die ganze Zeit daran denken, wie er mich von hinten umarmen könnte, meine Hände in seine nimmt, um mir genauer zu zeigen, wie man es besser macht.

Das kenne ich aus Filmen, wenn ein Mann einer Frau zeigt, wie man beim Golf die Arme für einen guten Schlag führt. Immerhin verzichte ich darauf zu fragen, ob er schon einmal golfen war.

Wenn ich es dann richtig mache, könnte er so stehen bleiben, seine Arme um meinen Bauch und seinen Kopf auf meine Schulter legen. Ich könnte meinen Kopf zu ihm drehen und es würde zum Kuss kommen. Alle Klischees eines kitschigen Teenie-Films wären erfüllt. Zu Körperkontakt kommt es beim Kochen in Wahrheit aber leider nicht.

Auch wenn ich tatsächlich noch nervös bin, erweise ich mich dennoch nicht als komplett unfähig. Natürlich witzelt er trotzdem viel darüber, was ich so fabriziere: „So kann das doch kein Mensch essen", „Du weißt aber schon, wie Sushi aussieht?" und „Das machen wir lieber nochmal" sind ein paar wenige Ausschnitte. Und immer wieder dieses süße Lachen... Ein wirklich lustiger Abend und letztlich doch ein guter Vorschlag.

Beim Essen versuche ich viel zu reden, um weniger Zeit für das Sushi zu haben. Damit er mehr davon isst als ich. Mit Sushi bringt man ihn jedenfalls zum Schweigen. Das ist eigentlich wirklich ungerecht, weil es objektiv sicherlich ziemlich gut war. Es hatte ja auch ich gemacht.

Da ich bisher keine Möglichkeit ausgelassen habe, mich zu blamieren, verzichte ich lieber auf eine – für mich – aufwendige Nachspeise. Es werden nur zwei Tassen Kakao.

Es hat natürlich keiner ausdrücklich vorgeschlagen, aber als wäre es schon völlig normal, geht es anschließend ins Bett. Der Fernseher läuft.

Beiläufig meint er: „Ein Wunder, dass du mal nicht die ganze Zeit am Handy hängst."

„Tss, VIPs sind eben ziemlich busy."

„Busy mit vielen Leuten?"

„Selbstverständlich." antworte ich grinsend.

„Und was ist mit dieser Lady, mit der du so viel schreibst? Du erzählst ja gar nichts."

„Was denn für eine Lady?"

„Na die von Donnerstag."

Das wäre die Möglichkeit schlechthin gewesen, alle Zweifel auszuräumen. Dass ich auch da mit „vielen Leuten" geschrieben habe. Stattdessen reite ich mich immer weiter rein.

„Achso. Eine Freundin will zu meinem Studiengang wechseln und hat viele Fragen." Die gibt es wirklich, hat damit aber halt überhaupt nichts zu tun.

Das wäre natürlich die ideale Gelegenheit, auch nach seinen „Ladies" zu fragen. Die Angst vor der Antwort ist aber weiterhin zu groß. Ich würde mir damit selbst nur wehtun und letztlich trotzdem keine hundertprozentige Gewissheit dafür bekommen, dass er nicht vielleicht doch auf mich steht. Selbst wenn er nämlich von Frauen erzählt, schließt das mich nur zu 99,9 Prozent aus. Das führt zu großem Schmerz, aber reicht nicht für einen Abschluss. Andererseits würde er wohl kaum davon erzählen, wenn er Interesse an mir hätte.

Im Nachhinein betrachtet wäre wohl alles besser gewesen als meine Antwort. Wenn ich wenigstens „Das ist NUR eine Freundin, die wechseln will..." gesagt hätte. Was sollte dieses Gefrage über „diese Lady" überhaupt?! Wie gesagt frage ich ihn aus Angst ja auch nicht. Will er auch Gewissheit, nur auf gegenteilige Weise? Oder ist das für ihn belangloser Smalltalk? Und als nächstes sagt er „Ich erklär dir mal, wie du sie rumkriegst", ohne dass es ihm das geringste ausmacht? Nein danke. Erklär mir lieber, wie ich dich rumkriege.

Ich zappe lange durch die Programme, bis mir auffällt, dass er eine Weile nichts gesagt hat. Er ist eingeschlafen. Kein Wunder eigentlich, er hat ja auch für zwei gegessen.

Sein Kopf ist in meine Richtung gefallen. Da ich mir geschworen hatte, niemals wieder eine Chance zu verpassen, mag sie auch noch so klein sein, werde ich erneut mutig und mache mich nun wohl doch im Schlaf an ihn ran. Dem Glück muss eben manchmal etwas auf die Sprünge geholfen werden.

Ich rücke ganz vorsichtig etwas näher an ihn heran und schiebe meine Schulter unter seinen Kopf. Eigentlich kaum zu glauben, dass ich das wage. Wenn er das komisch gefunden oder mich sogar irgendwie beschimpft hätte, was das soll, wäre eine Ausrede aber leicht gewesen. Schließlich lag er auf meiner und nicht ich auf seiner Schulter. Die „Schuld“ lag ja – bei allem, was er mitgekriegt hat – bei ihm.

Ich liege dort und hoffe, dass er von dem Krach in meiner Brust nicht wach wird. Ich habe mein Herz jedenfalls noch nie so bewusst schlagen hören. Zumindest spüren müsste er es eigentlich. Nach ein paar Minuten schreckt er hoch. Er muss sich kurz orientieren.

„Oh sorry“, meint er mit Blick auf meine Schulter.

„Wofür?“, antworte ich ihm.

Ich schaue in seine Augen, er in meine. Eine ganze Weile. Dann schaut er weg. Niemand sagt etwas. Eine ziemliche Spannung.

Es läuft weiter der TV, auch wenn ich gar nicht wirklich sehe, was kommt. Irgendwann rutscht er ein wenig runter und legt seinen Kopf zögernd, Schritt für Schritt zurück auf meine Schulter. Ich wage es nicht, mich zu rühren. Bei jeder Bewegung könnte er denken, ich wolle das nicht. Als würde ich ihn abschütteln. Meinen Kopf auf seinen zu legen ist dann aber leider doch zu viel für mich. Ich hasse mich dafür, so schüchtern zu sein. Selbst wenn er spätestens dann „Was wird das denn?“ oder ähnliches sagen würde (dass er mir eine reinhauen oder mich beschimpfen würde, glaube auch ich jetzt nicht mehr), könnte ich immer noch „Was wird das denn bei dir?“ antworten. Er hat ja schließlich „angefangen“.

Wie soll er auch wissen, was ich denke? Jeder Blick, der über die übliche Zeitspanne hinausgeht, fällt mir schon schwer. Die ständige Abwägung zwischen möglichem Gewinn und Risiko. Für einen Jackpot wie ihn würde sich rational eigentlich jedes „Risiko" lohnen.

Wir liegen eine Weile so da. Ich schalte nicht mehr durch, dafür müsste ich mich ja bewegen.

„Ich muss morgen echt früh raus. Scheiß Montag", meint er irgendwann. Er hebt dabei seinen Kopf noch nicht von meiner Schulter.

„Hm."

Dann setzt er sich auf.

„Du gehst los?"

Wie bedeutend die kleinsten Wörter sein können. Hätte ich „los" weggelassen, hätte es stärker angedeutet, ob er überhaupt geht.

„Ja, ich muss. Sonst bin ich morgen tot."

Hätte er nur „Ich muss" gesagt, hätte es bedeutet, dass er gar nicht gehen will. So viel denke aber wohl leider nur ich. So viele Konjunktive.

Wenn ich nun sagen würde, dass er bleiben soll, hätte ich auch gleich meinen Kopf auf seinen legen können. Aufhalten, ohne zu deutlich zu werden, kann ich ihn daher nicht.

TAG 1

ER

WHATSAPP CHAT MIT EINER FREUNDIN

AM SPÄTEN ABEND DES 9. NOVEMBER 2017

Ich: Fuck wie konntest du mich das nur machen lassen.
Ich: Peinlichste Aktion EVER!
Sie: Ich hab dir tausend Mal gesagt lass es! 🙈
Ich: Oh man, ich hab ernsthaft bei ihm geduscht 🙈🙈🙈
Sie: Und dich nackt in sein Bett gelegt?
Ich: Ich hatte noch meine Unterhose an 🙄
Sie: 😮
Ich: Ihm war alles so mega unangenehm 😩
Ich: Und wie jetzt weiter?!
Sie: Natürlich war es das. Was hast du denn erwartet?! Dass er dich bespringt?
Sie: Was meinst du mit wie jetzt weiter? Wohin denn noch weiter?
Sie: Willst du ihn nochmal in so eine Lage bringen?
Sie: Aber einmal solltest du dich trotzdem noch mit ihm treffen, denke ich.
Sie: Und dabei packst du dich nicht aus. Schaffst du das?
Sie: Danach ist endlich Schluss.
Sie: Sieh das endlich ein!
Sie: Wenn ihr euch nochmal trefft, endet es zumindest nicht mit dem heute.
Sie: Weißt du, was ich meine?
Sie: Oh man ey, das kommt davon, wenn du nicht auf mich hörst.
Ich: Jaja, chill mal.
Ich: Er war die ganze Zeit am Handy. Entweder hat ihn das überhaupt nicht interessiert oder er wusste einfach nicht, was er machen soll.

Ich: Und kein Mensch hat was gesagt. Das war alles so mega weird und awkward und alles! 😩

Ich: Darüber muss man ja fast schon lachen 😂

Ich: Bin ja eigentlich hin, um über Trump zu lästern.

Ich: Das war aber total gezwungen und keiner hat irgendwas gesagt 🙈

Sie: Ja das ist es, genau deshalb bist du hin.

Sie: Wer bitte trifft sich denn überhaupt, um eine Politiksendung zu schauen?! Das ist ja nichtmal der Anfang eines schlechten Pornos.

Ich: Haben wir schonmal!

Ich: Ein Versuch war es außerdem wert!

Sie: Ein schlechter Versuch.

Ich: Du hast ja auch keine bessere Idee. Hauptsache alles mies machen, was ich mir überlege 🙄

Sie: Meine Idee, dass es gar keine Versuche geben sollte, willst du ja nicht hören 🙄

Ich: Wie ich rumjammer.

Ich: Ich bin ja schon schlimmer als du 🤔

Sie: Beruhig dich jetzt jedenfalls mal.

Sie: Kannst jetzt eh nix mehr ändern. Aber du musst das alles jetzt wirklich endlich lassen!

Sie: So schön es auch wäre 🙈

ER

WHATSAPP CHAT MIT IHM

AM NACHMITTAG DES 9. NOVEMBER 2017

Ich: Bock nachher über Trump abzulästern? 😋
Ich: Ist Thema bei Illner.
Er: Immer. Soll ich zu euch kommen?
Ich: Ich komm nach dem Fitnessstudio bei dir rum, wenn's passt 🤔
Er: Achso ok, bin zuhause.

ER

RÜCKBLICK

IM OKTOBER 2017

Irgendwann kommt man an einen Punkt, an dem man es einfach nur noch loswerden will. Egal, mit welcher Reaktion man dann leben muss. Und egal wie sicher man sich ist, dass man mit den Gefühlen alleine dasteht.

Es ist ja eigentlich etwas Schönes, wenn einem jemand das sagt. Ich wartete nur noch auf einen passenden Moment. Und auf genügend Mut. Letzterer kam leider nie. Das hatte nicht wirklich etwas damit zu tun, dass er ein Mann ist. So eine Beichte fällt ja nie leicht.

Wir saßen einmal bei mir in der WG. Meine Mitbewohner gingen und wir waren plötzlich alleine. Ich hatte mich sogar noch gewundert, dass er geblieben war. Zwar nicht mehr lange, aber zeitlich hätte es natürlich reichen können um etwas zu sagen wie „Willst du mal was Krasses wissen? Ich steh mega auf dich" oder „Würdest du mal einen Mann daten? Ok überredet, ich stelle mich zur Verfügung".

Ernsthaft (also ohne Witz) hätte ich das eh niemals über die Lippen gebracht. Ich bin allerdings auch bei Frauen nicht der romantischste Typ und sehe das alles eher locker. Aber auch in dem Moment – man kann es sich noch so vornehmen – habe ich im Kopf so lange nach einer Ausrede gesucht, bis ich selbst überzeugt war, dass es doch nicht der richtige Moment ist. Die Freundschaft lieber erst beim nächsten Mal zerstören.

Stattdessen schreibe ich der eingeweihten Freundin.

Ich: Das wird nichts mit dem einfach sagen.
Ich: Der sitzt grad neben mir und ich krieg den scheiß Mund nicht auf 😂

Sie: War klar, dass du das eh nicht machst 😅
Sie: Außerdem wie war das nochmal? Nicht überrumpeln?
Ich: Mir fällt schon was ein, bei dem ich nichts sagen muss 🤨
Sie: Du meinst, weil dir außer „einfach sagen" schon so viel eingefallen ist?
Ich: Vergiss nicht, ich bin mega klug 🤓
Ich: Und statt immer zu meckern, denk lieber mal mit nach 😂

ER

AM ABEND DES 9. NOVEMBER 2017

Man ist irgendwie ständig nervös, wenn man sich einmal vorgenommen hat, irgendwann mal was wegen seiner Gefühle für jemanden unternehmen zu wollen. Die Aufregung ist aber irgendwie schlagartig weg, sobald man sich unumkehrbar für einen bestimmten Zeitpunkt entschieden hat.

Es ist nicht das erste Mal, dass ich mir denke „Heute!“. Trotzdem ist es bei dem heutigen „Heute“ irgendwie anders. Erstens gibt es einen tatsächlichen „Plan“. Und zweitens weiß eine Freundin Bescheid. Rückzieher ist also nicht. Ob der Plan sonderlich gut oder eher vollkommen bescheuert ist, weiß ich noch nicht. Das Gute daran ist aber vor allem, dass ich nicht groß was machen muss. Eigentlich nur daliegen. Ein richtiger Plan ist es vielleicht doch nicht. Eher ein verzweifelter Versuch, irgendwas voranzubringen.

Gut ist, dass ich mich vorher im Fitnessstudio auf andere Gedanken bringen kann. Eine Mischung aus „Geh endlich, dann hast du es hinter dir“ und „Bleib noch, es läuft dir nichts davon“.

Bei einem Freund irgendwie voranzukommen, das ist also der Plan. Irgendwann reicht es eben einfach. Und obwohl, oder gerade weil, das jetzt so festgelegt ist und ich alleine bei ihm vorbeigehe, bin ich kaum aufgeregt. Der große Showdown sozusagen. Ein bisschen so, als wäre man wochenlang aufgeregt vor einer Klausur, wenn sie dann aber einmal angefangen hat, ist die Aufregung weg.

Ich komme also nach dem Training zu ihm. Ungeduscht.

„Hey, alles klar? Ich hab noch nicht geduscht. Kann ich schnell bei dir?“ tische ich ihm auf, nachdem er mir die Tür aufgemacht hat. Teil eins dieses schon echt bescheuerten Plans. Eigentlich völlig an den Haaren herbeigezogen. Erstens hatte ich das noch nie gemacht und zweitens: Wer geht ungeduscht aus dem Fitnessstudio, wenn er eigentlich verabredet ist? Wenn er das komisch fand, hat er es sich nicht anmerken lassen und meinte nur „Äh ja klar, die Dusche ist im Bad“.

Ich weiß nicht genau, ob er das mit Absicht macht, aber solche Sprüche von ihm sind schon echt krass niedlich. Komplett überfordert, wenn irgendwas Unerwartetes passiert. Auch wenn er immer versucht, es als Witz darzustellen (die meisten nehmen ihm das wahrscheinlich ab), glaube ich ihm das nicht. Heute verzichte ich aber darauf, ihn deshalb aufzuziehen.

Trotz allem bin ich – wie so oft – auf meine Fähigkeit stolz, vollkommen locker zu wirken, obwohl ich es eigentlich nicht bin. Nötig ist das im Moment allerdings auch nur bei ihm.

Ich gehe also ins Bad und dusche. Man glaubt es kaum, wie viele Probleme dabei plötzlich auftauchen, wenn man das alles nicht sonderlich gut durchdacht hat: Schwierig ist zum Beispiel, wie die Haare am besten aussehen. Ich bin nicht eitel, aber in diesem Moment will man doch versuchen das Beste rauszuholen. Auch wenn dafür bei mir nicht allzu viel Aufwand notwendig ist, höhö. Dass dabei meine Haare noch etwas nass und allgemein durcheinander waren, war nicht gerade von Nachteil. Ich stehe ein paar Minuten vor dem Spiegel und mache mich fertig.

Das größte Problem folgt aber erst. Und in dem Moment merke ich erst, wie bescheuert das alles wirklich ist. Vielleicht hätte ich etwas, das ich „Plan“ nenne, auch einfach wirklich „planen“ sollen. Was bitte soll ich überhaupt sagen, wenn ich rauskomme?! Das macht doch alles überhaupt keinen Sinn. Natürlich hatte ich auch mein Handy für eine Last-Minute-Hilfe nicht im Bad dabei.

Dann aber der Einfall eines Genies: Ich tue einfach so, als wäre ich noch nicht ganz fertig, nehme das Handtuch mit raus und rubble noch an den Haaren, während ich zum Bett laufe. Mit dem Folgeproblem, dass dann die Haare wieder durcheinander sind und ich null Plan habe, wie ich aussehe. Ein Albtraum.

Spätestens jetzt fällt mir auf, dass ich wohl doch nicht so unaufgeregt bin, wie ich mir eingeredet hatte. Bevor aber noch mehr Probleme auftauchen können, lege ich einfach los. Also raus jetzt.

Ich laufe ins Zimmer, „trockne“ meine Haare nur an den Seiten (genial) und frage „Hat's schon angefangen?“. Auf diese Weise, denke ich, ist das alles im Notfall doch irgendwie erklärbar.

Seine Reaktion kenne ich nicht, ich schaue lieber auf den Fernseher. Von ihm kommt nur ein „Noch lange nicht“.

Auch jetzt merke ich erst, wie wenig das zeitlich hingehauen hat. Mein Improvisationstalent hilft mir aber mit einem „Hä war ich so früh da? Da war ich echt nicht lange trainieren“. Auch das kann man einem abnehmen. Er nimmt einem glaube ich eh alles ab.

Ich lasse mich cool aufs Bett fallen und warte einfach ab. Auf was ich gewartet oder was ich überhaupt erwartet hatte – ich habe wirklich nicht die geringste Ahnung. Wie gesagt, ich hatte das alles nicht wirklich weiter durchdacht. Stattdessen komme ich mir von Minute zu Minute dümmer vor. Man kann ja aber auch nicht nach einer halben Stunde plötzlich aufstehen und „Achtung, ich ziehe mich jetzt übrigens mal an“ sagen. Werbung gibt's auch nicht. Zu spät fällt mir auf, dass ich das im Normalfall schon hätte machen müssen, nachdem mir klar wurde, dass es erst noch dauert, bis die Fernsehsache anfängt, und es eben keinen Grund gab, schnell in Unterhose ins Zimmer zu platzen, um den Anfang nicht zu verpassen. Kompletter Unsinn alles. Dass ich mir immer dümmer vorkam, ist denke ich verständlich.

Als er dann noch was auf meiner Seite des Bettes holt, wäre ich am liebsten in der Matratze versunken. So eigenartig, beinahe beschämt habe ich mich echt selten gefühlt. Da kommt mir nichtmal ein auflockernder Witz über die Lippen. Noch mehr betonen, wie bescheuert ich daliege, hätte er kaum können.

Aber was soll man denn als Mann sonst machen, um Interesse zu zeigen?! So, dass es deutlich genug ist? Bei „Hast du Lust ins Kino zu gehen?“ oder „Wollen wir was essen gehen?“ denkt doch keiner daran. In meiner Sprache bei „Bock auf Kino?“ oder „Ich hab Hunger. Kommst du mit?“ noch weniger. Es ist einfach unmöglich, einen Mann zu einem „Date" einzuladen, sodass er versteht, dass es eines ist. Noch unmöglicher, wenn man befreundet ist.

Sich auszuziehen ist da vielleicht auch keine optimale Lösung, aber eben ein verzweifelter Versuch. Immerhin. Ist ja ohnehin eine Kunst, überhaupt mal mit ihm alleine zu sein.

Seine eigenartigen Blicke helfen mir auch nicht gerade. Ich weiß ja selbst nicht, was das werden soll. Mehr als blöd grinsen kriege ich nicht auf die Reihe.

Ich liege also weiterhin da, gefangen durch meine eigene Dummheit, ohne eine Idee, wie ich da wieder rauskomme. Und am Ende der Sendung – die er übrigens kaum gesehen hat, weil er ständig mit jemandem geschrieben hat – dann sowas zu sagen wie „Also dieser Trump, das ist ja nicht wirklich ein Netter" wäre wohl auch ein wenig komisch. Der Vorwand, genau deshalb zu ihm zu kommen, ging auch nach hinten los. Eigentlich hätte das ja durchaus locker werden können. Ein gemeinsames Opfer und so, hust. Aber er fand es wahrscheinlich komisch genug, dass ich alleine zu ihm komme. Er konnte ja praktisch auch nichts mehr dagegen sagen. Ich hab mich ihm ja wirklich kaum aufgedrängt...

Und wer lehnt schon ab, jemanden duschen zu lassen, wenn er stinkend aus dem Fitnessstudio kommt? Man rechnet ja auch damit, dass der sich anzieht, bevor er wieder rauskommt.

Er startet einen letzten Versuch, diesen komischen Abend aufzulockern und meint, dass er jetzt komplett für mich da sei. Mit meiner Reaktion verjage ich ihn dann genau genommen in die Küche. Es gab zwar einen ziemlich langen Blickkontakt, bei meiner allgemeinen Stimmung kann ich dem dann aber leider auch nicht mehr viel abgewinnen. Er war wohl einfach überrumpelt. Komisch...

Dass der Abend so endet, dass ich einfach möglichst schnell verschwinden will, hätte ich vorher auch nicht erwartet. Als er weg ist, ziehe ich mich an und gehe schließlich einfach. Ein Walk of Shame.

TAG 2

ER

WHATSAPP CHAT MIT EINER FREUNDIN

AM VORMITTAG DES 11. NOVEMBER 2017

Ich: Sorry dass ich nicht mehr geschrieben hab. Hab bei ihm geschlafen 😬
Sie: Bitte was?
Ich: Er hat's mir angeboten 😇
Sie: Einfach so?
Ich: Naja, ich hatte eh fast die ganze Zeit gepennt 😅
Sie: Und das ist jetzt „Kontakt zurückfahren" 🤔
Ich: Hab ich nie gesagt. Das kam von dir 🤓
Ich: Außerdem sollte das ja erst nach dem Treffen gestern gelten. Und das war eben erst heute zu Ende 😋
Ich: Ausgebufft 👉
Sie: Du solltest zur Abwechslung auch mal auf mich hören. Was soll das denn.
Ich: Chill mal, ich war halt müde.
Sie: Du weißt, dass es darum nicht geht.
Sie: Wie kannst du da bitte überhaupt einschlafen.
Ich: Ja sorry, das Joggen vorher war dann halt doch zu krass.
Ich: Deine negative Aura stört mein Wohlbefinden.
Sie: Was war das dann bitte jetzt?
Ich: Das Übernachten?
Ich: Ich hab halt neben ihm geschlafen 😋
Sie: Im Bett?
Ich: Natürlich im Bett.
Sie: Ich bin halt echt immer der Buh-Mann, aber was genau soll das jetzt werden? Glaubst du, das alles wird so besser?
Ich: Du sollst chillen hab ich gesagt.

Ich: Ich hab einfach nur neben ihm geschlafen.
Ich: Ich hab ihn nichtmal begrapscht 😎😂
Sie: Hör wenigstens auf dich selbst zu belügen.
Ich: Du bist ja wirklich bester Laune.
Ich: Genau wie du befohlen hast, hab ich mich heute auch nichtmal ausgezogen 😘
Ich: Aber er 🙈
Sie: Das hat nichts mit meiner Laune zu tun.
Sie: Was soll das heißen?
Ich: Er hat in Boxershorts gepennt 🙈
Sie: Aha.
Sie: Ich hab dir schon oft gesagt, dass es halt einfach nicht bei jeder, schon gar nicht bei jedem zieht, wenn du dich einfach ausziehst 😅
Ich: Och, da sagt die Statistik was anderes 🤔😂
Ich: Wer lässt denn einfach einen Freund im Bett schlafen. Er hätte mich ja auch auf die Couch schicken können 🤔
Sie: Jeder lässt das 🙈
Sie: Was soll er denn schon sagen. Niemand sagt zu Gästen „Gehts jetzt endlich?" oder „Du schläfst aber schon auf der Couch?".
Sie: Das muss schon von einem selbst kommen!
Sie: Hör doch einfach endlich auf zu interpretieren!
Sie: Du machst es für dich nur viel schlimmer 😞
Ich: Als ob ich ein normaler Gast wäre. Niemand wirft mich aus einem Bett 😎
Ich: Hör du lieber mal auf, alles klein zu reden 🖕
Sie: Es ist klein.
Sie: Boaaa mit Abstandhalten meinte ich echt was anderes.
Sie: Wie oft denn noch. Er zeigt einfach kein Interesse.
Sie: Er hat einfach keins.
Ich: Und wann hast du nochmal gelernt, wie Männer untereinander Interesse zeigen? 🤔
Sie: Wann denn du?
Ich: Man, still jetzt 😂
Ich: Du weißt, dass er nie seinen Mund aufkriegt.
Ich: Das zählt ja wohl auch irgendwie.

Sie: Damit sagst du selbst, in was für eine Lage du ihn da gebracht hast.
Sie: Da traut er sich noch weniger was gegen dich zu sagen.
Sie: Er ist außerdem bei jedem schüchtern, nicht nur bei dir.
Ich: Ich will damit nur sagen, dass er dann vielleicht auch bei jedem nicht so einfach Interesse zeigt.
Ich: Das war auf das Interesse bezogen.
Sie: Du hast doch noch nie gesehen, wenn er mal jemandem Interesse zeigt.
Sie: Wie denn auch.
Ich: Natürlich hab ich das!
Ich: Er zeigt es, indem er diesen in seinem Bett schlafen lässt 😂
Ich: Außerdem hatten wir ein paar Momente.
Ich: Da werd ich jetzt sicher nicht plötzlich alles abbrechen. Das wäre total mies.
Sie: Ahja.
Sie: Beim Ausziehen war noch alles awkward und heute sind es plötzlich Momente?
Ich: Er meinte halt, ich hätte zu viel an.
Ich: Und dass mich verunsichern würde, wenn ich wüsste, wie viel er wollen würde, dass ich anhabe.
Ich: Ich glaub der Satz stimmt nicht mehr 😂
Ich: Du warst nicht dabei. Da kann ich das wohl besser einschätzen.
Sie: Nö.
Sie: Weil du blind bist 🙄
Sie: Du weißt, wie geil ich das alles fände.
Sie: Aber du checkst hoffentlich auch, dass ich dir einfach viel mehr ersparen will, wenn du da immer weitermachst.
Sie: Wenn er das aber wirklich so gesagt hat und du es nicht nur verstanden hast, wie du willst, fällt mir dazu jetzt auch nicht so viel ein.
Ich: Du redest eben nur dummes Zeug 😂
Ich: Gib einfach zu, dass das nicht Nichts ist!
Sie: Sollte jedenfalls in irgendeinem Universum doch mal was passieren, verschläfst du es eh.
Ich: Hahaha witzig.
Ich: Nicht.

Ich: Ich frag ihn, ob wir heute wieder was machen.
Ich: Außerdem haben wir sonst kaum nur was zu zweit gemacht und jetzt stimmt er zwei Tage in Folge zu?!
Ich: Die Hochzeit steht unmittelbar bevor. Ich bin ganz sicher 🙌
Ich: Wenn ich mich wieder ausziehe, kann er ja meine Muskeln abschlecken 🤔
Sie: Tu was du nicht lassen kannst.
Sie: Du wirst es aber bereuen.
Sie: Und mit deinem Sexgerede überzeugst du mich diesmal nicht 😂
Sie: Das macht uns nur beide heiß, ist aber letztlich nur für mich gut 😂
Sie: Ich muss nicht über ihn wegkommen.
Ich: Dann lass uns im Stillen darüber nachdenken, was er alles abschlecken könnte.
Sie: 😂

TAG 3

ER

WHATSAPP CHAT MIT EINER FREUNDIN

IN DER NACHT VOM 11. AUF DEN 12. NOVEMBER 2017

Ich: Ich schlafe wieder bei ihm 🙊
Ich: Und diesmal hat er mehr oder weniger gesagt, ich soll bleiben!

Ich: Sorry, aber ich hab mich ausgezogen.
Ich: Nö nicht sorry. Er nämlich auch 😂
Ich: Der ist so hot.
Ich: Und ich hatte einige Gläser Wein.
Ich: Huiuiui.

ER

WHATSAPP CHAT MIT EINER FREUNDIN

AM VORMITTAG DES 12. NOVEMBER 2017

Sie: Ja und weiter? Ist was passiert? Jetzt erzähl mal!

Sie: Antworte!

Ich: Ach, denkst du jetzt plötzlich doch, dass was passieren könnte?!
Sie: Na wenn du sowas schreibst.
Sie: Das klingt halt eigentlich, als wäre schon was passiert.
Ich: Die ganze Nacht wilder Sex.
Sie: 🙁
Ich: Es hat ihm im Schoß geblasen 😌 😂
Sie: Hä was?
Ich: War leider nur sein Laptop 😖 😂
Sie: Ich check's nicht.
Ich: Egal. Aber sowas sagt man nicht mit Absicht, oder? Als Anspielung?
Sie: Das sind echt zu wenige Infos 😅
Sie: Was bläst wohin? Der Laptop im Schoß?
Ich: Nicht so wichtig.
Ich: Wir haben halt im Bett Filme geschaut. Er meinte, ich kann ja wieder bleiben. Ausgezogen und Bett.
Sie: Erzähl doch nix ey.
Ich: Er hat übrigens leider nur sich ausgezogen und ich mich 😬
Ich: Es war einfach ein echt schöner Abend. Lagen zusammen, viel mehr aber eigentlich auch nicht.
Ich: Wie soll auch so schnell was gehen, ich überstürz nichts.
Ich: Langsam mit meinem Charme erobern 😌 😂

Ich: Aber müsste schon irgendwie auch mal was Eindeutigeres von ihm kommen.

Sie: Ach was.

Sie: Und was wäre das?

Ich: Dass er mich auszieht 😂

Ich: Du scheinst aber langsam auch endlich dran zu glauben.

Sie: Nein, ich ändere da meine Meinung auch nicht. Was soll denn zusammen daliegen schon sein.

Sie: Das tun wir auch.

Sie: Und du glaubst doch eigentlich auch selbst nicht dran.

Ich: Vielleicht haben wir ja auch gefüßelt.

Sie: „Vielleicht"? Du rückst immer erst mit mehr raus, wenn ich sage, dass das andere nichts war 😒 Wenn ich nicht alles weiß, kann ich nichtmal theoretisch meine Meinung ändern. Wenn du es mir nicht genauer erzählen willst, gut. Aber interpretiere nicht, wo nichts zu interpretieren ist.

Ich: Fällt mir einfach viel schwerer, was zu erzählen. Er ist halt immer noch ein Mann 🙈

Sie: Ist mir aufgefallen.

Sie: Gäbe es denn was zu erzählen?

Ich: Ach keine Ahnung.

TAG 4

ER

WHATSAPP CHAT MIT EINER FREUNDIN

AM NACHMITTAG DES 12. NOVEMBER 2017

Ich: Wir machen dann zusammen Sushi 😍
Sie: Weil ihr euch heute noch nicht gesehen habt und auch nicht die letzte Nacht zusammen verbracht habt?
Ich: Weil wir gerne zusammen Zeit verbringen.
Ich: Ist das so krass?! 🙄
Ich: Wir wissen beide, was „zusammen kochen" bedeutet! Ganz viel Sex!
Sie: Wieder dieses Sexgerede.
Sie: Kommt dir gerade wohl nur auf den schnellen Schuss an 😜
Ich: Red keinen Mist. Als wäre das ernst gemeint.
Ich: Naja eigentlich schon. Träumen kann man ja 😂
Ich: Willst du das denn nicht, wenn du für jemanden Gefühle hast?
Ich: Außerdem warte ich jetzt weiß Gott lange genug darauf 😂
Sie: Sei mal nicht so empfindlich, das war nur ein Witz 😂

ER

WHATSAPP CHAT MIT EINER FREUNDIN

IN DER NACHT VOM 12. AUF DEN 13. NOVEMBER 2017

Ich: Ich hab meinen Kopf auf seine Schulter gelegt 🙈🙈🙈

Sie: Echt jetzt?!

Ich: Erst bin ich drauf eingepennt. Da er das aber glaub ich nicht schlimm fand, dann auch nochmal als ich wach war.

Ich: Oh Gott ey.

Ich: Eindeutiger geht's doch nicht mehr.

Sie: Wenn er dann gecheckt hat, dass das bewusst war, eigentlich nicht, nein.

Sie: Was hat er denn dann gemacht??

Ich: Nichts. Das ist doch gut, oder?

Sie: Weiß nicht.

Sie: Wenn das bei mir eine Frau machen würde, würde ich sie aber auch nicht wegstoßen. Und ich würde das auch ohne Probleme bei einer Frau machen.

Sie: Aber bei Männern wäre das doch irgendwie ziemlich komisch, finde ich.

Ich: Aha!

Sie: Oder er ist halt einfach zu nett, um zu sagen „weg da".

Sie: Und zu schüchtern.

Ich: Nee nee, das vorher gefiel mir besser 😂

Ich: So niedlich, wie er da in der Küche stand.

Ich: Er soll meine Hausfrau werden 😂

Sie: Na da wird er sich freuen 😅

Sie: Vor allem kaum machomäßig. „Meine" Hausfrau.

Sie: Sollte direkt sein Studium abbrechen und sich auf eine

Beschäftigung bei dir vorbereiten.

Ich: Hausmann* 😂

Ich: Er darf vielleicht ein bisschen arbeiten 🤨

Ich: Er soll aber auf mich warten, wenn ich heim komme 🤨

Sie: Wenn bei dir schon nicht die Gleichberechtigung von Mann und Frau angekommen ist, dann doch zumindest die zwischen zwei Männern? 😂

Ich: 😂

Sie: Jedenfalls schön zu sehen, wie du meinem Rat folgst und dich nicht immer weiter reinsteigerst 😂

Ich: Hab übrigens das mit dem Mädel mal angesprochen. Da bin ich auch mit der Tür ins Haus gefallen ey 🙈

Sie: Mädel?

Ich: Na weil er ständig am Handy hängt.

Sie: Heute auch?

Ich: Nee, deshalb ja. Hab gefragt, was mit der ist. Angeblich nur eine, die ihn über seinen Studiengang ausfragt.

Sie: Warum sollte er denn lügen?

Ich: Weiß auch nicht.

Ich: Ich bin zwar jetzt genauso schlau wie vorher, aber wenigstens sind sie keine friends with benefits.

Sie: Wer sagt das?

Ich: Ja danke.

Ich: Genau das wollte ich hören.

Sie: Ich meine nur, dass das, was du schreibst, überhaupt keinen Sinn macht. Warum sollte er dir, weil er schüchtern ist oder so, nicht erzählen, dass ihm irgendeine Frau gefällt, aber dass sie friends with benefits sind?

Ich: Wer schreibt denn mit einer F+ so viel.

Sie: Es heißt Freundschaft. Wir schreiben auch viel 😜

Ich: Ach komm, niemand ist wirklich mit seiner F+ befreundet. Daran lässt man doch keine echte Freundschaft kaputtgehen.

Ich: Tut mir echt leid, dadurch bist du aber aus dem Rennen 😆

Ich: Außerdem ist die Liste durch die vielen Anfragen eh schon so lang, da können nicht auch noch Freundinnen drauf 😣 😂

Ich: Und kannst du das jetzt mal lassen.
Ich: Das mit ihm wär beides genauso scheiße 😂
Ich: Schluss jetzt damit.
Sie: Du hast selbst gesagt, du bist genauso schlau wie vorher. Es ist damit nichts gesagt. Aber halt auch nichts ausgeschlossen.

TAG 5

"Wie hier die halbe Jodelgemeinde versucht einen Mix aus einem kitschigen Liebesfilm und einem Porno zu machen 😅 'Zieh mein Hemd aus es ist zu warm hab aber noch Pudding mit Sahne vorbereitet, die du auch auf mir findest 😌' ❤️❤️❤️"

- @86

"Ich überlege mir ja schon einen Soundtrack für die Verfilmung 🤨"

- @40

OJ

13. NOVEMBER 2017

Habe ich mich tatsächlich schon dermaßen daran gewöhnt, „ihn für mich zu haben“, dass ich eifersüchtig werde, sobald wir einen Abend mal nichts zusammen machen? Vor allem dann, wenn ich nicht weiß, was er mit wem stattdessen tut? Das kann man wohl sagen...

Mittlerweile sehe ich ein, dass ich zu einer „Freundschaft“ – die ich mir ohnehin nur vorgelogen habe – nicht werde zurückkehren können. Entweder ich kriege ihn oder kann ihn erst einmal gar nicht mehr sehen. Dieses Gespräch wird lustig. „Was hab ich denn gemacht, dass du nicht mehr mit mir befreundet sein willst?!“

Heute ist er also schon „verabredet“. Was immer das heißen mag. Es lässt jedenfalls viel Spielraum für die Fantasie eines Verrückten. Ich starte deshalb einen Netflix-Serien-Marathon. Zur Ablenkung taugt es allerdings nur bedingt.

Der „Druck“ in meinem Jodel steigt derweil. So viele nette Zusprüche, Aufmunterungen und eigene Erfahrungen.

Eine Verfilmung? Da wäre es wohl besser, wenn ich es vorher zu einem Happy End brächte.

Könnte er den Jodel kennen? Du meine Güte, könnte er den Jodel kennen? Als ich ihn verfasst habe, war er nicht an seinem Handy und wer rechnet denn damit, dass sich der Jodel so lange hält und immer wieder aufkommt? Trotzdem glaube ich es nicht. Wäre es der Fall und hätte er Interesse, könnte er ja sofort über mich herfallen. Hätte er keines, würde er nicht ständig bei mir rumhängen. Nun gut, das vielleicht schon, aber dann könnte er doch sagen, dass er leider kein Interesse hat und einfach gerne mit mir abhängt? Dann lässt man doch niemanden so zappeln?

Hoffe ich plötzlich sogar, dass er irgendwie davon erfährt? Schon irgendwie. Auch wenn das viele neue Probleme brächte. Missbrauch seines Vertrauens, der stillschweigenden Absprache, dass all das natürlich unter uns bleibt. Einfach ein Missbrauch seiner Privatsphäre. Vor allem bei diesem sensiblen Thema... Was, wenn jemand anderes ihn erkennt und jetzt weiß, dass er mit einem Mann am füßeln war? Sooo groß ist Frankfurt ja dann auch nicht. Je länger ich darüber nachdenke, desto schlimmer ist das alles eigentlich. Trotzdem will ich das jetzt nicht einfach abbrechen. Wer sagt mir denn sonst, was ich zu tun habe?

Ich muss grinsen, als ich am Abend eine Nachricht von ihm bekomme: „Sorry, dass ich heute nicht kommen konnte."

Darauf könnte man so vieles Offensives antworten. Per Handy noch leichter als wenn er vor mir stünde: „Dafür ist es eigentlich noch nicht zu spät", „Neben mir im Bett ist noch Platz", „Wir haben doch noch die ganze Nacht". Wenn auch bloß „Ich hab auch jetzt noch Zeit". Natürlich schreibe ich nichts von alledem.

ER

WHATSAPP CHAT MIT EINER FREUNDIN

AM VORMITTAG DES 13. NOVEMBER 2017

Sie: Können wir das alles mal besprechen, bevor das wie auch immer weitergeht?!
Ich: Denke schon. Auch wenn du eh wieder alles schlecht redest 😜
Ich: Ich hör nur Blabla, wenn du was dazu sagst 😂
Ich: Können dann in die Mensa?
Sie: Komm doch heute Abend vorbei.
Ich: Boah bist du fies. Hältst du mich für blöd?
Ich: Damit ich nichts mit ihm machen kann?!
Sie: Es schadet jedenfalls nicht, wenn du einen Tag Pause machst und mal deinen Testosteronspiegel runterfährst.
Sie: Oder was auch immer für das alles verantwortlich ist 😂
Sie: Du musst mal wieder klar denken.
Sie: Du steigerst dich da voll rein, ohne überhaupt noch zu denken.
Ich: Ich denke sehr viel.
Ich: An ihn 😂
Sie: Ich mein das Ernst.
Ich: Ist ja gut.
Ich: Schon wieder so viel Blabla.
Ich: Ich komm heute Abend.

ER

RÜCKBLICK

ANFANG AUGUST 2017

Ich hatte ihm geschrieben und gefragt, ob er Lust hätte, mit ins Kino zu kommen. Seine Antwort: „Klar. Wer kommt denn noch mit?" Immer dieser Satz. Mit mir alleine kann er wohl nicht genug anfangen.

Ich antworte also: „Eine Freundin 🙁"

Dieses Emoji konnte ich mir dann doch nicht verkneifen. Und das ist doppelt gut: Einerseits könnte er bedeuten, dass mich diese Frage nervt, andererseits, dass mich ärgert, dass noch jemand mitkommt. Leider versteht das kein Mensch.

Wir trafen uns also und es wurde ein schöner Abend. Nach dem Kino waren wir noch etwas Trinken.

Es ist ja nie einfach, mit zwei Leuten wegzugehen, die sich vorher nicht kannten, und man selbst irgendwie Unterhalter sein muss. Da bekommt man schon fast ein schlechtes Gewissen, wenn man mal kurz aufsteht, und man fragt sich, ob schon genug Zeit vergangen ist, damit sie sich nicht zwei Minuten lang nur anschweigen. Bei ihm wäre das ziemlich sicher so, aber sie weiß schon, wie man was sagt. Wie süß das ist, dass er so schweigsam ist. Vielleicht überschätze ich meine Rolle in Gruppen aber auch ein bisschen. Oops.

Am Ende des Abends läuft er in die andere Richtung nach Hause. Ich drehe mich direkt zu ihr: „Und?"

„Nein. So sehr ich ihn dir auch wünschen würde."

„Sicher?"

„Ziemlich. Der zeigt doch null Interesse an dir."

ER

RÜCKBLICK

IM MAI 2017

Es ist echt alles andere als einfach, wenn man als Mann plötzlich auf einen Mann steht. Man macht Dinge, auf die man im Nachhinein nicht besonders stolz ist. Anfangs ist es ein „Kann gar nicht sein", geht dann über zu „Na toll" und endet mit „Und jetzt?". Am anstrengendsten ist es aber, plötzlich Geschichten erfinden zu müssen, welche Frau man gut findet. Ja, „sie" hat braune Haare. Ja, „sie" ist sehr heiß.

Man spielt aber nicht nur anderen etwas vor, sondern am meisten sich selbst. Plötzlich hatte ich viel mehr Dates mit Frauen, die allesamt damit endeten, dass ich nach der Bar oder dem Café meinte, dass es nett war, ich aber jetzt los müsse.

Ich weiß zwar nicht, ob es unter normalen Umständen tatsächlich dazu gekommen wäre, dass wir bei einem von uns zuhause landen, ich habe das aber letztlich immer schon im Keim erstickt.

Da war ich doch irgendwie ziemlich unehrlich zu den Damen und das tut mir im Nachhinein echt leid. Es ist schon unfair genug, Dates zu haben, um über jemanden hinwegzukommen, aber noch unfairer, wenn man diese Gefühle noch nichtmal los ist, sondern sie sich stattdessen sogar gerade erst entwickelt haben. Dates zur Ablenkung sozusagen.

Die Reißleine zog ich schließlich, als sich ein Date in etwa folgendermaßen abspielte, nachdem ich „bei ihr vorbeikommen" sollte: Kennengelernt hatten wir uns eigentlich ganz locker in der Uni. Details sind jetzt unwichtig. Sie machte deutliche Schritte.

Ich: „Sorry ich kann nicht."

„Was ist denn? Hab ich was falsch gemacht?"

„Nein. Das liegt nicht an dir."

„Was denn dann? Du kannst doch nicht zu einem Sex-Date kommen und dann einen Rückzieher machen?"

„Sex-Date? Niemand hat was von Sex gesagt."

„Das meinst du jetzt aber nicht im Ernst? Was denkst du denn bitte, wenn eine Frau dich zu sich einlädt?"

„Also ich hab einen Mund auch nur zum Reden."

„Schon ziemlich naiv."

„Tut mir leid, dass ich dir nicht gefügig sein kann."

Dann ging ich. Ob ich richtig reagiert habe, weiß ich nicht. Irgendwie hat sich dieses Treffen aber eingebrannt. Sie war ja schon ein bisschen unverschämt. Aber das ist jetzt auch der falsche Ort sich zu rechtfertigen.

Was ich mir jedenfalls von all dem erhoffte, ist mir auch nicht so ganz klar. Wahrscheinlich eine Mischung aus Ablenkung und Nicht-wahrhaben-wollen.

Dann akzeptierte ich immerhin, dass es so nicht weitergehen konnte. Warum ich mich dann aber ausgerechnet bei Tinder anmeldete und dort nach Männern „suchte", erklärt sich allerdings auch nicht zwangsweise von selbst. Wie gesagt, alles andere als einfach. Tinder mit Männern hatte sich aber direkt nach der ersten Nachricht des zweiten Matchs wieder erledigt.

Ich gebe es einmal wörtlich wieder, um zu zeigen, dass bei manchen Schwulen Klischees leider doch zu stimmen scheinen und dass es Schwule ganz offensichtlich alles andere als leicht haben, jemanden übers Internet zu finden, der nicht komplett abgedreht ist. Ich habe außer dieser Tinder-Erfahrung nie zuvor Internet-Dating gemacht und vielleicht ist diese App auch wirklich nur noch eine Sex-Plattform, das hat mich dann aber doch etwas erschreckt. Bleibt zu hoffen, dass man auf anderen Seiten vielleicht auch mal so angeschrieben wird, wie man auch angesprochen werden würde. Es wäre schlecht, wenn das der normale Umgangston ist.

Die Nachricht lautete: „Du bist geil fickst du mich bist besuchbar".

In etwa wie „Ich habe nur ein einziges Bild von dir gesehen und will sofort Sex haben! Und diese und jene Schweinerei machst du doch ganz sicher auch gleich, jetzt wo wir schon einen Satz gewechselt haben?! Ein Hallo schaffe ich vorher nicht, tut mir leid. Ich bin aber wirklich nicht dumm und primitiv, muss ich noch hinzufügen!"

„Match 3 bitte in Zimmer 5, Match 1 in die 2."

„Match 1 in die 2 bitte!".

„Sie haben kein Kondom dabei? Kein Problem, wir behandeln grundsätzlich ohne."

Meine Antwort war nur: „Wenn das drei Sätze sein sollten: Danke. Nein. Nicht von dir."

Von ihm kam dann: „Was für Sätze". Er hat auch nicht locker gelassen. Benehmt euch doch bitte im Internet. Selbst wenn ihr nur Sex sucht. Ich hatte aber ganz sicher auch riesiges Pech. Auf keinen Fall will ich hier alle in diesen Topf werfen!

Irgendwann habe ich dann jedenfalls eingesehen, dass es wohl das Beste wäre, es einfach jemandem zu erzählen. Von außen hat man da vielleicht einen besseren Blick und jemand sagt mir, was ich machen soll.

Meine männlichen Freunde allerdings hätten allesamt null Plan, wie sie damit umgehen sollten. Sie würden wahrscheinlich Sachen raushauen wie „Du stehst auf Dödel? Meinen kriegst du nicht!". Was ganz Krasses: Man will nicht mit jedem Typen schlafen! Genauso wenig wie mit jeder Frau!

Es würden eben dumme Witze kommen, weil sie kein ernsthaftes Gespräch darüber führen könnten. Vielleicht würden mich einige danach sogar eher meiden, worauf ich nicht so viel Bock hätte. Es ist zwar keiner homophob, aber das im engeren Freundeskreis ist dann doch nochmal was anderes.

„Wundert mich nicht, dass ihn auch keine Frau will" wäre dann wahrscheinlich auch nicht sonderlich zielführend, wenn ich antworte.

Also lieber bei einer Frau auspacken. Die Entscheidung fiel auf eine gute Freundin, die schon häufiger Andeutungen gemacht hat, „wie geil doch Männer sind, die miteinander rummachen".

Ich denke sein erstes „Outing" vergisst niemand. Vor allem nicht die erste Reaktion. Deshalb könnte ich diese Situation bis ins kleinste Detail nacherzählen.

Und genau diese erste Reaktion entscheidet auch, ob man es weiteren erzählen würde. Ich habe zwar ein gesundes Selbstvertrauen, aber bei sowas fühlt man sich plötzlich ziemlich verletzlich.

Wir saßen bei ihr auf der Couch und haben einen Film geschaut. Ich würde zwar nicht behaupten, dass ich ein sonderlich großes Problem damit habe zu reden, aber da fiel mir dann doch nicht so viel ein. Deshalb platze ich einfach aus dem Nichts damit heraus: „Ich glaub, ich hab mich in einen Mann verguckt." Sie antwortet nichts. Dann schaue ich fordernd zu ihr rüber.

„Moment, ich stell mir gerade vor wie du einen Mann küsst und werd ganz feucht."

Wir mussten erst einmal richtig lachen. Vielleicht finden sie jetzt manche zu vulgär oder so, sie sagt solche Dinge aber nur aus Spaß, glaube ich... Außerdem ist sie Frankfurterin.

„Das heißt, ich muss mir das nicht mehr nur vorstellen, sondern könnte das tatsächlich mal sehen?"

Wieder haben wir erst einmal gelacht. Für mich hätte sie jedenfalls nicht besser reagieren können. Und plötzlich konnte ich ganz offen darüber reden: „Und was mach ich jetzt?"

„Mir erstmal ein Bild zeigen. Ich brauch den zweiten Teil fürs Kopfkino."

Wieder Lachen und ich zeige ihn ihr. „Oh, na wenn du ihn nicht kriegst, nehm ich ihn."

Sie lacht und schaut weiter das Bild an. Ich nehme es ihr ab: „Das sollte eigentlich ein ernsthaftes Gespräch werden, weil ich echt nicht mehr weiß, was ich machen soll."

„Was hast du denn bisher gemacht?"

„Nichts."

„Und willst du was machen?"

„Klar. So weit bin ich schon. Ich muss was machen!"

ER

RÜCKBLICK

IM JULI 2017

Ich redete nun häufiger mit ihr darüber, wie man als Mann gegenüber einem anderen Mann am besten vorgeht, ohne zu deutlich zu werden. Man weiß ja nicht, was der andere denkt. Gerade er würde wohl kaum laut ausrasten, aber wenn man ganz plötzlich damit ankäme, überrumpelte man ja womöglich völlig und es käme die wirklich ehrliche Reaktion, welche dann wahrscheinlich nochmal schlimmer wäre.

Wenn man dagegen langsam handelt, gibt man dem anderen zumindest die Chance sich darauf vorzubereiten und (vorausgesetzt derjenige hat einen guten Charakter) nett sagen zu können, dass er eben nicht auf Männer steht. Auch wenn er innerlich vielleicht gar nichts davon hält. Nett zu sein, sollte ja jeder schaffen.

Ehrlicherweise bin ich Abweisungen nicht gerade gewohnt, weswegen ich lieber erst einmal weiter beobachtete. Da ich aber in jedem kurzen Blick sozusagen den Beginn einer Sexszene zu sehen begann, machte das bald keinen Sinn mehr. Es brauchte eine objektive Beobachterin. Und die Frankfurterin stellte sich völlig überraschend zur Verfügung. Ein lockerer Kinoabend sollte es werden.

ER

AM ABEND DES 13. NOVEMBER 2017

Ich gehe also abends zu ihr, in dem Wissen, dass das ein Vortrag darüber werden wird, wie wenig Interesse er doch hat, obwohl ihre Meinung ganz offensichtlich wackelt. Sie redet dann aber gar nicht darüber. Irgendwann reicht es mir und ich spreche es selbst an: „Jetzt sag schon, was du zu sagen hast."

„Ich will einfach, dass du das realistisch siehst. Das ist alles."

„Realistisch. Aha."

„Ja realistisch. Er zeigt einfach weiterhin nichts. Vielleicht spricht er das alles wirklich einfach nicht an, weil er zu schüchtern ist. Wie soll er schon gegen deine große Klappe ankommen?"

„Man sagt ja wohl, wenn man irgendwas nicht will."

„Du vielleicht."

„Wenn ich ihn also küsse, dann sage, dass wir ja ein Paar sei könnten und achja, heiraten könnten wir ja auch, wehrt er sich nicht, weil er schüchtern ist?"

„Du weißt, wie ich das meine."

„Nö, ich hab keine Ahnung. Ich find das einfach Quatsch."

„Er müsste halt einfach mal zeigen, dass es ihm gefällt, und nicht einfach passiv mitmachen und nur nichts sagen, weil er sich nicht traut."

„Und was soll ich dann deiner Meinung nach jetzt machen?"

„Nichts. Ich versteh ja, dass du ihm immer näherkommen willst. Aber du musst einfach mal warten, bis er dir irgendwie entgegenkommt. Du willst doch auch sicher wissen, dass er das auch will und du ihm nicht irgendwas aufdrängst, wogegen er einfach nichts sagt. Und du ihn total in Verlegenheit bringst oder ihm das eigentlich mega unangenehm ist. Gegen einen Freund sagt er halt vielleicht nochmal weniger, weil er die Freundschaft nicht gefährden will."

„Da ich schon mal nicht glaube, dass ich irgendwas aufdränge, sehen wir das schon grundsätzlich komplett anders."

„Du bist echt unbelehrbar."

„Außerdem hat er gestern das Sushi vorgeschlagen. Das wäre völlig unlogisch, wenn ihm irgendwas unangenehm wäre. Das war ein Entgegenkommen. Es bin nicht immer ich, der fragt. Und selbst wenn, könnte er absagen, wenn er nicht will."

„Ich meine ein körperliches Entgegenkommen."

„Du redest dummes Zeug. Das macht alles überhaupt keinen Sinn. Komplett unlogische Frauenlogik. Wenn er jetzt also wieder ein Treffen vorschlägt, darf ich trotzdem nichts machen, weil er trotzdem noch „körperlich entgegenkommen" muss? Das soll einer verstehen. Wenn ich jemanden treffe, dann, weil das vorherige vielleicht ganz nett war. Findest du nicht?"

„Ich würde jetzt einfach mal abwarten. Ich könnte nicht damit leben, wenn ich nicht sicher wäre, dass ich ihm etwas aufdränge und überhaupt nichts zurückkommt. Außerdem denkst du doch, er schreibt mit jemandem?!"

„Keine Ahnung. Die soll mal ihre Fragen jemand anderem stellen, ey. Wenn's darum überhaupt geht."

„Ja hat er denn gewirkt, als würde er was verheimlichen oder dass da irgendwas gehen würde? Irgendwie gegrinst, oder so?"

„Keine Ahnung. Ich war zu sehr damit beschäftigt zu hoffen, dass er jetzt keine Lovestory auspackt. Aber ich kann ja wohl nicht nochmal danach fragen. Jedenfalls glaub ich kaum, dass man so viel mit jemandem schreibt, wenn man nur befreundet ist. Noch dazu, wenn gerade jemand bei einem ist. Je länger ich darüber nachdenke..."

Wer den Inhalt dieses Gesprächs nicht ganz verstanden hat, ist sicher nicht alleine. Und es liegt auch bestimmt nicht daran, dass ich es natürlich nicht mehr wörtlich zusammenkriege. Ich bin dann jedenfalls ziemlich genervt und habe keine Lust, noch sonderlich lange zu bleiben. Zum Abschied sagt sie doch noch etwas dazu:

„Also, erstmal nicht mehr schreiben und schauen, was von ihm kommt. Ja?“

„Ein Vorschlag für ein Treffen zum Beispiel? Das würde ja offenbar nicht reichen. Aber wenn’s dir so wichtig ist: Ich schreib ihm nicht mehr.“

Ich trete auf die Straße und schreibe ihm. Zu spät merke ich, dass ja eigentlich gar nicht fest geplant war, dass ich heute zu ihm komme. Als stünde das schon ohne Verabredung fest.

„Kann man nichts machen 😬“ antwortet er. Wenn er den Smiley benutzt, muss ich unmittelbar mitgrinsen. Der passt so gut zu ihm. Dabei stelle ich mir immer sein Lächeln vor.

TAG 6

ER

AM MITTAG DES 14. NOVEMBER 2017

Auch heute kann ich es irgendwann nicht mehr abwarten ihm zu schreiben. Da bin ich aber echt immer der erste... Von ihm kommt da nicht so viel. „Also heute muss ich paar Studienkollegen treffen. Null Bock. Aber vielleicht dauert das ja nicht so lange “

„Sag einfach Bescheid, ob du noch kommst “

Wieder dieser Smiley. Aber Begeisterung klingt irgendwie anders.

"Mach den nackten Mann und wenn er nicht anspringt sag: 'Bruder, nur so als Gag, nur so als Gag.' Und klopf ihm auf die Schulter"
- @89

"Ist es nicht schön wie nüchtern und sachlich wir alle Tipps geben können und im echten Leben sind wir genauso unsicher wie @oj"
- @43

"Küsst euch endlich amk 😭😭😭"
- @82

OJ

14. NOVEMBER 2017

Durch die heutige Jodel-Diskussion werde ich einerseits beruhigt, andererseits völlig verunsichert.

Ich denke weiterhin darüber nach, wie ein Hetero-Mann auf Annäherungsversuche eines anderen Mannes reagieren würde. Zwar beruhigen mich einige, dass sie es wahrscheinlich tatsächlich als Kompliment auffassen und letztlich kumpelhaft abwehren würden.

„Sorry, aber das ist mir jetzt bissl zu gay"; da könnte ich mir sogar vorstellen, dass ich in der jeweiligen Situation fast lachen müsste. Selbstverständlich bevor mir klar wird, dass eine Abweisung doch ziemlich scheiße ist.

Andere „eigentlich hetero"-Männer wären sogar neugierig darauf, auch einmal etwas mit einem Mann zu haben. Da man solche wohl eher in die Kategorie „bisexuell" einordnen könnte, hilft mir das bei ihm eher weniger, sollte er „stur" hetero sein.

Wer aber braucht schon solche Schubladen? Ohne „die Gesellschaft" würden viele Männer und Frauen auch in dieser Hinsicht viel mehr ausprobieren und man müsste nicht eine solche Angst haben, danach zu fragen. Bei den meisten ist leider immer „Was, wenn das jemand erfährt?" im Hinterkopf. Das macht mich wirklich wütend. Wo ist der Unterschied? Wie haben es manche Menschen verdient, von „der Gesellschaft" so abgeurteilt zu werden? Wie kann das sein, dass das, was ich mir wünsche, vor nicht allzu langer Zeit in Deutschland noch strafbar war? Und von der WHO als Krankheit eingestuft wurde? Wie kann es sein, dass man heute noch in manchen Teilen der Welt dafür den Tod fürchten muss? Woher nehmen sich Politiker das Recht, darüber zu diskutieren, was andere dürfen, solange es niemanden sonst in irgendeiner Weise einschränkt? Man kommt sich vor wie im Gerichtssaal, wenn Staatsanwalt und Richter diskutieren, wie hoch die Strafe ausfallen sollte. Und man selbst nicht mitreden kann, wo es einen selbst doch am meisten betrifft. Was nehme ich einem Konservativen, der seine „Werte" in Gefahr sieht? Warum sollen seine Werte darüber entscheiden, was ich darf? Leben und leben lassen, solange man dadurch niemandem wehtut. Maximale Freiheit und Gleichheit. Ohne Urteile. Ohne Verurteilungen.

Das mag ein ziemlich negatives Bild von all dem zeichnen, aber ich nehme es der Mehrheit der Menschen – die wahrscheinlich mittlerweile eine solche ist – leider nicht ab, wenn sie öffentlich sagen: „Sollen sie doch machen, was sie wollen; mich stört das nicht". Ich denke, dass die meisten es heimlich doch noch immer für eklig oder unnormal halten.

Ich weiß, mir sollte das völlig egal sein, ist es aber leider nicht. Der Mensch strebt nun einmal danach, akzeptiert zu werden. So zu sein wie andere, um in der Menge nicht „negativ" aufzufallen. Folge ist, dass es mich dabei zurückhält zu machen, was MIR gefällt. Was ICH für richtig halte. Was ich mit MEINEM Leben machen möchte.

Trotz all der netten Antworten der „hetero" und „eigentlich-hetero" Männer, die mir versichern, dass mir keiner eine reinhauen oder mich fertigmachen würde, wie eklig das doch ist, denke ich einen Schritt weiter: Die Dunkelziffer, die das tun würde, liest wohl auch kaum in diesem Jodel mit.

Man glaubt es kaum, aber das war der beruhigende Teil der Jodel-Diskussion. Heute scheine ich besonders positiv gestimmt.

Die Verunsicherung liegt woanders: Dass es so schlimm darum steht, dass ich davon erzählt habe, ich würde mit einer Freundin schreiben, war mir nicht klar. Es war zwar nicht meine beste Antwort, aber was hätte ich schon sagen sollen? „Ich versuche mit hunderten Leuten zu klären, ob du auf mich stehst"?

Andererseits würde ich wahrscheinlich endlos Panik schieben, wenn er viel am Handy schreiben und von einer „Freundin" erzählen würde.

Na wie ich das nochmal ansprechen soll, ohne dass es zu auffällig ist... „Übrigens, die, mit der ich so viel geschrieben hab, interessiert mich nicht. Du tust es.“ Ganz bestimmt.

Ich durchdenke jeden Tipp, der mir gegeben wird. Ich kann mir aber ohnehin tausende Sachen überlegen und habe sie alle vergessen, sobald er vor mir steht.

Wir hatten seit meiner Antwort gestern Abend nichts geschrieben. Dann aber ein Lichtblick, als etwas von ihm kommt: „Also heute muss ich paar Studienkollegen treffen. Null Bock. Aber vielleicht dauert das ja nicht so lange.“

Das klingt doch sehr danach, als würde er danach gerne noch vorbeikommen. Vor allem weil wir zuletzt darüber geschrieben hatten, dass er nicht vorbeikommen kann. Quasi eine nachgeschobene Antwort von ihm. Und doch verunsichert es mich, dass er diesmal sagt, mit wem er sich trifft.

Die Nachricht wäre wieder eine super Möglichkeit, sehr offensiv zu werden. Wie war das nochmal mit Chancen nutzen? „Ich kann warten“, „Dann muss ich wohl warten“, „Ich werde auf dich warten“, vielleicht sogar „Beeil dich“? Natürlich schreibe ich auch diesmal nichts von alledem.

Ich entscheide mich stattdessen für einen Mittelweg. Und hoffe einfach, dass er wieder vorbeikommt.

Und er tut es tatsächlich. Ich öffne ihm die Tür und er redet direkt los: „Hast du Alkohol?“ Ich muss lachen. Er nicht.

„Was ist denn?“ frage ich ihn und merke, dass er schon etwas getrunken hat.

„Boa manche Leute ey.“

Dann strömt es aus ihm heraus. Ich checke das Problem nicht wirklich. Ich muss allerdings auch gestehen, dass ich nicht komplett bei der Sache bin. Er war beim Friseur. Ich will an dieser Stelle nicht wieder ins Schwärmen verfallen. Hatte ich gedacht, sein vorheriger Haarschnitt sei attraktiv? Ja.

Ließ sich das noch steigern? Oh ja.

Ich setze mich aufs Bett und meine, er solle sich doch erst einmal beruhigen und erzählen.

Dann, als wäre es das Normalste der Welt, legt er sich aufs Bett, mit seinem Kopf auf meinen Schoß. Dabei redet er einfach weiter. Ich war eventuell leicht angespannt. War ich zuvor noch gebückt – wie man eben so dasitzt –, lehne ich mich erst einmal ein Stück zurück und stütze mich auf die Hände. Ich frage mich, warum ich Abstand suche, wo ich doch genau das Gegenteil will. Zuhören tue ich ihm dann natürlich kaum noch.

Ich lehne mich wieder etwas weiter vor, bis ich mich nicht mehr abstützen muss.

Er schaut an die Decke, ich auf sein Gesicht. Wenn er wach ist, ist das zwar weniger creepy, trotzdem will ich mich nicht dabei erwischen lassen. Dass ich wirklich lange nichts mehr gesagt habe, fällt ohnehin nicht auf, weil es kein großer Unterschied zu meinem sonstigen Verhalten ist.

Bin ich völlig bescheuert oder legen sich Kumpel gegenseitig den Kopf auf den Schoß?! Trotz aller Aufregung reicht das dann sogar mir als Zeichen aus und ich denke mir, noch so eine Chance wird sich nicht bieten. Auch ich muss mal etwas tun. Ich schaue ihm auf die Haare und kann mich einfach nicht mehr zurückhalten, sie anzufassen. Ich hebe eine Hand und streichle – beinahe verträumt – einmal übers Haar. Erst so, dass ich nur sein Haar berühre. Auf dem „Rückweg" gehe ich mit den Fingern etwas tiefer und streife auch über den Kopf. Meinen Blick behalte ich stur auf meiner Hand, niemals würde ich ihm jetzt ins Gesicht schauen. Mein Puls ist bei gefühlten 200. Er hat mittlerweile aufgehört zu reden.

Ich will meine Hand wieder herunternehmen. Dabei gehe ich jedoch mit der Rückhand noch an seiner Wange entlang und sehe im Augenwinkel, wie er die Augen schließt. Vielleicht bilde ich es mir auch nur ein, aber es schien, als hätte er seinen Kopf ein wenig in meine Richtung gedreht, um von meiner Hand mehr spüren zu können.

Da mir all das zu viel wird und ich gerade dabei bin, die Nerven zu verlieren, zwingt mich mein Kopf, etwas zu sagen. Natürlich etwas Dummes: „Sorry." Er macht langsam die Augen auf und schaut mich an.

„Wofür?"

Da ich offenbar dazu neige, mich aus den schönsten Momenten möglichst schnell befreien zu wollen, ist es am effektivsten, einfach noch etwas Dummes hinterherzuschieben: „Willst du vielleicht ne Folge Friends schauen? Das muntert auf.“ Ich schaue leicht weg, er nicht.

„Gern.“

Er wartet noch eine Sekunde und setzt sich dann auf. Innerlich ohrfeige ich mich. Was hätte sich aus dieser Situation alles entwickeln können, wenn ich einfach mal das gemacht hätte, was ich sonst auch tue: Nämlich die Klappe halten. Ich komme aber einfach nicht mehr damit klar, wenn er mir in die Augen schaut. Mein Gehirn verabschiedet sich von jeglicher sinnvoller Arbeit.

Ich hole also den Laptop und lege mich nah an ihn heran. Er rückt nicht ab.

„Warum schläfst du eigentlich nie ein?“, fragt er mich, ohne den Blick vom Bildschirm abzuwenden.

Da heute noch nicht genug Dummes aus meinem Mund kam, antworte ich: „Keine Ahnung, bin nicht so müde.“ Ein Traum, was ich so von mir gebe. Ich bin ein wahrer Held.

Das Verlangen nach möglichst viel seiner Nähe und Wärme lässt mich die Frage dann aber doch irgendwann so verstehen, wie ich sie verstehen will. Und wie sie hoffentlich gemeint war: Ich gähne auffällig und lasse meinen Kopf nach und nach tiefer auf seine Schulter sinken. Er denkt sicher, ich halte ihn für blöd. Schließlich rutsche ich mit dem ganzen Körper etwas nach unten und lege mich auf seine Schulter. Es sieht zumindest äußerlich danach aus. Richtig ablegen tue ich meinen Kopf nicht, sondern halte ihn noch etwas (mit der Zeit ein wenig angestrengt). Einerseits, weil ich ohnehin völlig angespannt bin, andererseits weil dann eine letzte Reaktionsmöglichkeit bleibt. Ich kann mich ihm einfach (noch) nicht komplett überlassen, so dumm das auch klingt.

Am Ende einer weiteren Folge stoppt er, bevor eine neue beginnen kann.

Er flüstert: „Schläfst du?“

Ich überlege kurz, wie sinnvoll es wäre, sich schlafend zu stellen. Würde er dann meinen, gehen zu müssen? Könnte er sonst auch noch denken, ich würde nicht mit Absicht dort liegen?

„Nein“, flüstere ich zurück.

Er startet wortlos die nächste Folge.

Wenn auch der letzte Mensch – also ich – noch einen Schubser dahingehend brauchte, dass das ganze eventuell nicht mehr ganz kumpelhaft ist, lieferte mir diesen genau diese Folge Friends: Zwei beste Freunde müssen zusammen auf der Couch schlafen. Einer legt spaßeshalber seinen Kopf auf die Schulter des anderen, weil er sich nett bedanken will. Dieser rückt aufgebracht – natürlich ebenso aus Spaß – ab, zieht schnell seine Schulter weg und ruft „Hau ab".

Ich muss grinsen. Zu gerne hätte ich seine Reaktion dazu gesehen, will mich aber nie wieder bewegen.

ER

WHATSAPP CHAT MIT EINER FREUNDIN

IN DER NACHT VOM 14. AUF DEN 15. NOVEMBER 2017

Ich: Er hat mich GESTREICHELT 😳
Ich: Ist das nun dein körperliches Entgegenkommen?!
Sie: Du bist bei ihm?!
Ich: War ich.
Sie: Und hat er das vorgeschlagen?
Ich: Wtf, ist doch jetzt völlig egal.
Ich: Lass jetzt mal deine bescheuerte Logik von gestern stecken.
Sie: Hm ja, ähm. Streicheln könnte dann vielleicht auch doch irgendwie nicht Nichts sein 😅
Ich: Ach was? Sag bloß 😱
Sie: Jaja ist ja gut 😅
Ich: Ja jetzt ohne Ironie, oder?
Sie: Ja ohne Ironie.
Sie: Wie kam's denn bitte dazu?
Sie: Das klingt eigentlich nicht sonderlich nach ihm.
Ich: Ich lag mit meinem Kopf auf seinem Schoß 😂
Ich: Präsentierteller be like.
Ich: Erspar mir deine Vorträge, dass ich das nicht hätte machen sollen.
Ich: Ein Hoch auf Tequila und bescheuerte Kommilitonen! 😍
Ich: Aber warum er das dann plötzlich gemacht hat, weiß ich natürlich auch nicht.
Sie: Und wo hat er dann gestreichelt? 😏
Ich: Kopf und Gesicht.
Ich: Boah mir hat's durch den ganzen Körper gezogen, als er das gemacht hat. Weißt du, wie ich meine?

Sie: Denke schon.

Sie: Und dann?

Ich: Haben genetflixt. Und diesmal lag er auf meiner Schulter 😱

Ich: Kaum zu glauben, dass das nicht die Top-Nachricht des Tages ist 😂

Sie: Was ging denn heute mit dem 😂

Sie: Hä? Und du gehst?!

Ich: Ich bin ganz vielleicht doch nicht so mutig, wie ich immer tue. Da hau ich lieber ab, bevor es ernst werden könnte 🙈

Ich: Jetzt bin ja irgendwie wieder ich dran.

Ich: War irgendwie leichter, da zu pennen, als er mir noch nicht „körperlich entgegengekommen" ist 🙈

Sie: Männer ey. Abhauen, bevor es was Ernstes wird 🙁

Ich: Außer dass ich erstmal nicht vor einer Beziehung, sondern bestenfalls vor Sex als das „Ernste" davonlaufe 😂

Ich: Ich will endlich mal mit seiner Hilfe und nicht mehr nur zu ihm kommen, höhö 😌 😂

Sie: Spinner 😂

TAG 7

"Aber er nennt es Date!!!!!!!!!!"
- @138

"Ok Leute, wir wissen alle - bei Süßigkeiten wird's ernst. Wollt ihr eher Rosen oder Nelken auf der Hochzeit?"
- @145

OJ

RÜCKBLICK

IM OKTOBER 2015

Es war eigentlich schon ein Wunder, dass ich auf eine WG-Party gegangen bin, auf der ich nur eine Person kannte und diese auch noch damit beschäftigt war, Mitgastgeber zu sein.

Der Abend lief auch genau auf das hinaus, was ich erwartet hatte: Die Person hatte natürlich nicht nur Zeit für mich und ich hing still auf der Couch rum, weil ich nicht selbst auf Leute zugehe.

Mittlerweile komme ich mir dabei allerdings kaum noch komisch vor. Man kann sich aber schon fragen, warum ich dann überhaupt zu so etwas hingehe. Allerdings man kommt so schon auch gut ins Gespräch. Es sind ja nicht nur Leute wie ich da. Darum soll es jetzt ja aber auch gar nicht gehen.

Als ich dort saß, fiel mir ein Typ auf. Es gibt doch irgendwie auf jeder Party jemanden, der einem wegen seiner Attraktivität auffällt. An dem Abend war es definitiv dieser. Vielleicht bewunderte ich in dem Moment aber auch, wie extrovertiert er schien.

Ich erwischte mich danach mehrmals dabei, wie ich mit dem Blick nach ihm suchte. Natürlich wäre ich im Leben nicht darauf gekommen, ihn anzusprechen. Als Mann einen anderen Mann mit Hintergedanken auf einer Party anzusprechen, ist ohnehin schwer, für mich unmöglich. Auch wenn der Hintergedanke auf einer WG-Party (in diesem Fall eigentlich eher Wohnheim-Party) zugegebenermaßen nicht genauso auffällig ist wie in einem Club, wenn man dort einen Fremden anspricht.

Aber auch er setzte sich irgendwann einmal auf die Couch.

Wir kamen ins Gespräch. Plötzlich sieht man natürlich alles ganz anders: Viele kennen sich auf einer WG-Party nicht und dann spricht jeder jeden ohne Hintergedanken an. Niemals tat er das in dem Moment, weil ich ihm aufgefallen war.

Wir unterhielten uns eine Weile. Irgendwie waren wir sofort auf der gleichen Wellenlänge, obwohl wir charakterlich – soweit ich das so schnell beurteilen konnte – das krasse Gegenteil zu sein schienen. Ein Gefühl, als würde man sich schon lange kennen. Ich sagte nichts Dummes und war locker. Auch bei mir wirkt Alkohol.

Irgendwann beugte ich mich vor, um vom Tisch Schokolade zu holen: „Kinder-Schokolade?"

„Nee, danke."

„Bist du sicher? Das ist doch praktisch das Einzige, was von denen richtig gut schmeckt."

Er lächelt und nimmt sie doch.

ER

AM NACHMITTAG DES 15. NOVEMBER 2017

„Ein Bib-Date hinlegen". Wer sagt denn sowas?

Es kennt bestimmt jeder, dass man manchmal versucht, beim Schreiben irgendwelche Anspielungen zu machen, es in dem Moment aber einfach völlig unpassend ist. Es gibt so viele Situationen, in denen man tatsächlich die größten Andeutungen machen könnte, man es aber nicht tut, weil man denkt „Das ist viel zu krass". Und es gibt Situationen, in denen sollte man es einfach lassen, weil es aus dem Nichts kommt. Also ein ziemlicher Aussetzer, als ich „ein Bib-Date hinlegen" wollte. Am besten nehme ich eine Kerze mit und stelle sie zwischen uns.

Sollte er das komisch gefunden haben, sagt er natürlich nichts, kommt aber trotzdem mit. Außerdem versicherte mir meine WhatsApp-Beratung nach einem Screenshot, dass man Vieles auch ohne Hintergedanken ein Date nennt.

Das war mir natürlich auch schon vorher klar, weil ich das ständig bei Freunden benutze, aber hier ist das völlig anders. Ich kann das nicht beschreiben. Vielleicht weiß man auch so, was ich meine. Dann jedenfalls ist es plötzlich wieder komplett ohne Anspielung, auch wieder blöd.

Ich gehe noch schnell einkaufen und gönne mir trotz Training ein paar Kinder-Riegel. Eigentlich musste ich wirklich dringend mal wieder lernen, doch dann hätte ich nicht unbedingt fragen sollen, ob er mitkommt. Wenn man tatsächlich vor hat was zu tun, geht man am besten alleine in die Bibliothek. Allein schon mit Freunden kommt nur wenig zustande, weil jeder meint, man hätte sich nach fünf Minuten doch jetzt eine Pause verdient. Und wenn man mit seinem Crush geht... Naja, ihr wisst schon.

Da zwinge ich den armen Kerl dann auch ständig zu Pausen. Was soll ich aber auch da rumsitzen, dann lieber mit ihm unterhalten. Vielleicht war es auch von Anfang an nur eine Ausrede, um ihn zu sehen.

ER

WHATSAPP CHAT MIT EINER FREUNDIN

AM ABEND DES 15. NOVEMBER 2017

Ich: Wir waren gerade voll nett essen 😋
Sie: Schön 😏
Ich: Es war mega witzig.
Ich: Was der manchmal für Sachen raushaut 😂
Sie: Ja er ist toll 😅
Sie: Bist du jetzt bei ihm? Oder warst du?
Ich: Nee, ich häng im Bett rum.
Ich: Also in meinem.
Ich: Weiß auch nicht, ob wir jetzt heute noch was machen.
Sie: Hm, musst du wissen, ob das nicht too much wäre.
Sie: Ich denke vor allem weiterhin, dass auch viel von ihm kommen muss.
Sie: Hast du ihn eingeladen?
Ich: Beim Essen?
Sie: Ja.
Sie: Wäre irgendwie wieder ein deutlicherer Schritt, den du dich im Bett scheinbar nicht traust.
Ich: 🤔
Ich: Er soll das mal lieber machen. Er ist schließlich der mit der eigenen Wohnung 😂
Sie: Lädt nicht aber der Mann die (Haus)Frau ein? 😂
Ich: 🙄
Ich: Er ist (fast) so männlich wie ich 😂

TAG 8

ER

WHATSAPP CHAT MIT EINER FREUNDIN

AM NACHMITTAG DES 16. NOVEMBER 2017

Ich: Ich gehe nachher wieder zu ihm 😋
Sie: Seit ich es auch nicht mehr für komplett unrealistisch halte, ist das schon echt spannend 😅
Sie: Und nicht nur spannend 😌
Sie: Viel Spaß 😌
Ich: 😌

"Ich bin völlig bei dir OJ – denk dran die Liebe ist das schönste der Welt! Dafür einen Schritt zu wagen ist das geringste was du tun kannst für ein solches Gefühl! Menschen tun viel schlimmere Sachen für Gefühle wie Hass oder Wut. 😘"
- @78

"Ich glaube oj hat ganz wo anders Druck 😌 😆"
- @83

"Bitte flank ihn weg ❤"
- @185

"Heute sollen beide reingehämmert werden 😍"
- @147

"😍 😍 😍 ihr seid sooo niedlich, dass sag ich als muslimische w mit Kopftuch 😍 😍 😍 "
- @188

OJ

16. NOVEMBER 2017

Ich habe lange wach gelegen und extrem schlecht geschlafen. Ich kann nicht einmal sagen, warum ich schon wieder alles so negativ sehe, schließlich war es wirklich ein schöner Nachmittag. Es war ja eigentlich nichts Komisches passiert, trotzdem habe ich das Gefühl, als würde eine solche Stimmung herrschen. Ihm schreiben will ich auch nicht, da ich ihn nicht nerven will.

Irgendwann tut er es: „Warum bist du denn so still?"

Das klingt nicht gerade danach, als würde ich falsch liegen.

„Du bist ja auch still", antworte ich ihm. Eine super Taktik.

Er: „Eine Menge Stille. Soll ich nach dem Fitnessstudio wieder vorbeikommen?"

Schließt sich jetzt sozusagen der Kreis?

Ich will so fest daran glauben, dass das wirklich etwas werden und tatsächlich etwas passieren könnte. Sämtliche Dusch-Fantasien, die auf Jodel kommen, machen es nicht leichter, ruhig zu bleiben.

Diese Fantasien steigern sich, als er nochmal schreibt: „Kann ich wieder bei dir duschen? Komme ja vorher nicht mehr heim."

Ich versichere mich kurz, dass man auch im Fitnessstudio duschen könnte – ja, es ist peinlich, dass ich das nicht weiß.

Er kann unmöglich ahnen, was er mit solchen Sätzen in mir auslöst. Will er, dass ich interpretiere? Will er mich so verrückt machen? Ich steigere mich immer weiter in die Sache hinein und weiß nicht, wie ich am Ende damit umginge, wenn er wieder in Unterhose vor mir stünde.

Nachdem ich mir alle denkbaren Szenarien für den Verlauf des Abends ausgemalt habe und auf Jodel kaum einer mehr Zweifel zu haben scheint, dass er auch auf mich steht, kommt er gegen halb neun vorbei.

Ich hoffe, es ist nicht verwerflich, dass ich ihn so, wie er vor mir steht – nach dem Sport, noch verschwitzt (zumindest habe ich mir das so vorgestellt) – nochmal attraktiver finde.

Er hebt die Pizzakartons an, die er mitgebracht hat: „Ich hab Pizza!"

„Sind bei euch die Pizzaboten immer ungeduscht?" Oh man, welch dummer Spruch, aber er muss grinsen.

„Ich hab für dich eine mit so Grünzeug genommen. Das magst du doch, oder?" Ich muss lachen.

„Ja ich mag so Grünzeug."

„Dann beeilt sich der Pizzabote mal mit dem Duschen, damit er die Pizza ohne komischem Zeug essen kann."

Ich schaue ihm nach, als er ins Bad geht.

Ich halte mich für ein bisschen eklig, weil ich es besser gefunden hätte, wenn wir direkt so gegessen hätten. Oder uns direkt so ins Bett gelegt hätten.

„Hoffentlich hab ich gerade nicht diesen ganzen Laden vollgestunken, als ich da rumstand", meint er, als er zum Essen kommt.

Ich sage ihm lieber nicht, dass ich gerne wüsste, wie er ohne all das Shampoo und frische Duschen riecht. Das wäre vielleicht etwas weird. Er trägt T-Shirt, Jogginghose und Socken. Mal wieder macht es mich wahnsinnig, dass ich weiß wie er unter seinem T-Shirt aussieht, ich es aber nicht sehen darf.

Er isst völlig locker seine Pizza und macht weiter seine Späße.

„Und das da schmeckt, ja?", sagt er mit Blick auf meine Pizza.

Ich will ihm gar nicht sagen, dass ich eigentlich nicht besonders viel Hunger habe. Vielleicht bin ich etwas nervös. Nach drei Vierteln kann ich aber wirklich nicht mehr.

„Wenn du alles runter machst, ess ich sie fertig... Du kannst sie aber natürlich auch fürs Frühstück aufheben", meint er lachend.

Würden wir zusammen frühstücken? Ich sollte wirklich aufhören, auf jedes Wort zu achten.

Nach dem Essen schmeißt er sich aufs Bett.

„Boa jetzt bin ich voll", sagt er und streckt sich. Ich will irgendeine Anspielung auf seinen Körper machen. „Wo isst du das alles nur hin"? „Sieht man dir gar nicht an, wie viel du isst"? „Sollte man bei dir/deinem Körper nicht meinen, dass du so viel isst"? „Und doch siehst du so gut aus"? Ich lasse es.

Stattdessen setze ich mich auf die Bettkante, sage „Ja, ich auch" und lege mich zurück. Mit dem Kopf auf ihn, irgendwo zwischen seiner Brust und seinem Bauch.

Er zuckt erst leicht zusammen, so als hätte er sich erschrocken. Daran, dass er es nicht will oder es unangenehm findet, denke ich in dem Moment komischerweise nicht, sonst hätte ich wahrscheinlich meinen Kopf direkt wieder runter genommen. Andererseits wäre dann seine Reaktion interessant gewesen. Vielleicht ein „Das stört mich nicht"? Oder ein „Warum gehst du wieder runter"? Oder sogar „Nicht, das gefällt mir"?

Seinen Arm auf meiner Seite winkelt er an und legt ihn halb auf seine Brust. Ein wenig verkrampft, weil ich ihm den Platz wegnehme. Aber dennoch rutsche ich nicht. Ich versuche, mich völlig locker und normal zu geben. Reden muss ich dafür ja Gott sei Dank nicht.

Auch er ist erst eine Weile still, fängt dann aber einfach an zu erzählen. Ich könnte seiner Stimme stundenlang zuhören. Ich habe nicht das Gefühl, als könnten uns – das heißt hauptsächlich ihm – jemals die Gesprächsthemen ausgehen. Ich drehe ab und zu meinen Kopf zu ihm, um ihn anzuschauen. Dabei höre und spüre ich sein Herz schlagen. Das gefällt mir sehr.

Dann wieder Stille und ich bekomme meinen üblichen Drang, sie füllen zu müssen. Irgendwann wird sie mir immer zu laut. Ich kann einfach nicht daliegen und die Situation genießen. Seinen Körper unter meinem Kopf, seine Wärme, seine Nähe. All das, worauf ich mich gefreut hatte. Wer jetzt aber glaubt, ich würde wieder etwas Dummes sagen, irrt sich. Ich drehe meinen Kopf zu ihm und streichle mit der Rückhand ein paar Mal schnell über seinen Hals. Was ist nur in mich gefahren?!

„Du könntest dich mal wieder rasieren. Findest du nicht?“ sage ich dabei.

Er drückt mir seine Hand neckisch aufs Gesicht und schiebt mich weg.

„Immerhin hab ich nen Bartwuchs“, antwortet er. Wir müssen lachen.

Da ich jetzt so halb von ihm runtergerutscht bin, nutzt er den Moment und richtet sich kurz. Ich stütze mich währenddessen auf die Ellbogen und halte meinen Kopf hoch.

Als er fertig ist, hält er seine Arme noch hoch. So als würde er warten, dass ich mich erst zurücklege, bevor er seine Arme ablegt. Genau das tue ich auch. Das war die Bestätigung für mich, dass es ihm auch wirklich gefällt.

Es wäre aber nicht ich, wenn ich nicht auch etwas verbockt hätte: Eigentlich wollte ich nur kurz am Handy auf die Uhr schauen.

„Von welchem Fach wechselt sie denn?“

„Wer?“ Ich wusste erst wirklich nicht, was er meinte.

„Na die, mit der du schreibst. Von welchem Fach sie zu dir wechselt.“

„Zu mir? Naja, sie müsste schon im ersten Semester anfangen.“ Dabei lache ich. Er findet das allerdings nicht sonderlich lustig und schaut recht ernst. Ist das wirklich Eifersucht? Bitte lass es Eifersucht sein. Umso gemeiner von mir, es nicht besser aufzuklären. Vor allem aber: Warum zur Hölle kläre ich es nicht einfach deutlicher auf?!

Es entsteht eine etwas peinliche Stille. Daher holt er irgendwann sein Handy raus und macht Musik an. Er hat es in der einen Hand, mit der anderen berührt er ganz leicht – beabsichtigt oder unbeabsichtigt – meinen Kopf. Will er eigentlich streicheln, traut sich aber nicht?

Ich könnte ja vielleicht meinen rechten Arm hinter meinen Kopf legen. Ganz locker aber. Also praktisch nur so, dass er auf seinem Bauch liegt. Ich mache es aber letztlich nicht.

Er fragt mich nach meinem Lieblingslied. Da ich mich nicht traue, gewollt kleine Anspielungen zu machen, mache ich ungewollt riesige. Ich sage es, ohne darüber nachzudenken, was ich da eigentlich sage: „Make you feel my Love."

Ich schiebe schnell ein „von Adele" hinterher, da der Satz sonst zu sehr nach Realität klingt. Zu sehr nach meinen Wünschen. Er macht es schließlich an.

Wenn ich es schon nicht aufkläre, will ich doch noch irgendwie deutlicher zeigen, dass ich an jemand ganz anderem Interesse habe als an dieser Freundin, die das Fach wechseln will. Ich nehme seinen Arm auf meiner Seite und lege ihn über mich. Ich rechne halb damit, dass er ihn wegzieht. Die andere Hälfte hofft, er würde irgendwie „zugreifen", sodass er ihn als letzten Schritt aktiv selbst um mich legt. Er tut weder das eine noch das andere, weshalb sein Arm dann eher locker auf mir liegt. Ich habe wohl wieder einmal übertrieben, denke ich noch. Aber schließlich hat er sich auch nicht gewehrt.

Während seiner Ed Sheeran-Playlist schläft er ein, was mir die Gelegenheit gibt, ihn wieder unbemerkt und creepy, aber selbstverständlich nur kurz, anzuschauen.

Dann muss ich aufstehen, um ins Bad zu gehen. Mir kommt auch der Gedanke, dass ich seine Nähe oder die Situation nicht weiter „ausnutzen" will, während er es nicht mehr mitbekommt. Sonst könnte ich auch die ganze Nacht so dort liegen.

Als ich zurückkomme mache ich die Musik aus. Er hat übertrieben viele WhatsApp- und Facebook-Nachrichten. Natürlich lese ich sie nicht, aber mich freut, dass ich dennoch seine ganze Aufmerksamkeit hatte und er mich vielen anderen vorzog. Bei was auch immer.

Ich sage ihm, dass er mal kurz hoch müsse, sodass ich die Decke unter ihm wegziehen kann. Er schaut verwirrt.

„Mal kurz hochgehen", wiederhole ich grinsend.

Kaum habe ich die Decke über ihn geworfen, dreht er sich auch schon weg und schläft weiter. Es sieht so süß aus.

Als ordentlicher Gastgeber hätte ich ihm eigentlich noch beim Ausziehen helfen müssen, finde ich. Bis zu seinem Schlafoutfit.

Hätte er keine Jogginghose angehabt, hätte ich vielleicht „Willst du nicht lieber die Hose ausziehen?“ gesagt. Vielleicht auch nicht.

Ich lasse das Ausziehen heute lieber auch und lege mich stattdessen direkt neben ihn unter die Decke.

Wir liegen nah genug, dass die Decke nicht zwischen uns absinkt. Ich kann seine Wärme daher gut spüren – ein unglaublich schönes Gefühl.

"Oha das ist heftig @oj .. nimm was du kriegen kannst und gib nix wieder her! Der gehört dir! :D ..will auch so geweckt werden und nicht von so nem scheiß PIPIPIPIPIPIPIPI AMK!"

- @180

OJ

AM MORGEN DES 17. NOVEMBER 2017

Wegen des wenigen Schlafs zuletzt ging es heute Nacht damit etwas besser. Das war wohl auch der Grund, warum ich nicht gehört habe, wie er aufgestanden ist.

Er ist neben dem Bett in der Hocke und rüttelt mich vorsichtig wach. Er lacht leise.

„Sorry ich wollte dich nicht erschrecken. Ich muss jetzt los. Sehen wir uns später?“, flüstert er. Ich nicke nur.

„Ok. Weiterschlafen.“

Ich muss grinsen. Daran will ich mich gewöhnen.

ER

WHATSAPP CHAT MIT EINER FREUNDIN

AM MORGEN DES 17. NOVEMBER 2017

Ich: 😱😍

Sie: Ganz viel Sex?? 😱
Ich: Viel besser!
Ich: Ich weiß nicht, ob man das schon als Kuscheln bezeichnen kann 😅
Ich: Ich sitz grad in der Vorlesung, ich darf nicht zu sehr daran denken 😂
Sie: 😳
Ich: Er lag mit dem Kopf auf mir und hat mich wieder gestreichelt 😮
Ich: Am Hals ey.
Ich: Da dreh ich unter normalen Umständen schon durch 😂
Sie: Ich traue es mich gar nicht zu sagen, aber es wird so langsam glaube ich 😅
Sie: So hot 😍
Sie: Und du bist diesmal nicht abgehauen?!
Ich: Zumindest nicht körperlich 😂
Ich: Bin eingepennt 😬
Sie: Oh man 🙁
Ich: Wir hatten halt Musik an und die hör ich daheim zum Einschlafen 😂
Ich: Außerdem Sport und so.
Sie: Also hast du dort geschlafen?
Ich: Ja. Bin vorhin früh gegangen.
Ich: Scheiß Uni, musste da hin.

Sie: Er läuft dir nicht davon 😛

Ich: In Sachen Handy-Freundin bin ich übrigens weiterhin nicht schlauer.
Ich: Der fährt doch nicht mit ihr und mir zweigleisig?!
Ich: Fährt er überhaupt auf meinem Gleis 🤔 😂
Sie: Der will in deinen Bahnhof 😌 😂
Ich: Jederzeit 😌
Ich: Aber jetzt nochmal ernsthaft. Das wäre unter Freunden schon komisch?!
Sie: Das wäre es schon zwischen Mann und Frau.
Sie: Zwischen Typen: Mega!
Ich: Dann jetzt wieder Vorlesung.
Ich: Zumindest körperlich 😂

TAG 9

"Uno und der Verlierer muss ein Kleidungsstück ausziehen"“
- @226

"Er will Netflixen, er will mit dir alleine sein, nutze diese Chance. Mache Kleinigkeiten und beobachte wie er sich verhält. Komm ihm nahe und schau ihm in die Augen und auf die Lippen schaue nach unten und beobachte wie er innerlich austickt. Dann wird er den Schritt wagen"
- @122

"@109 ich hab keine Zeit für Trolls ich muss hier ne Hochzeit planen! Ich weiß immer noch nicht ob es Rosen oder Nelken sein sollen, ich kann so nicht arbeiten 😫"
- @145

"Am süßesten finde ich wie hier die sonst so asoziale Jodelgemeinde ganz niedlich wird"
- @123

"Wenn ihr später mal zusammen seid kannst du ihm ja sagen dass diese Freundin eigentlich 546 Freunde sind und dann könnt ihr darüber zusammen lachen!"
- @237

OJ

AM ABEND DES 17. NOVEMBER 2017

Da er schon am Morgen gefragt hatte, ob wir uns heute noch sehen, zerbreche ich mir nun den Kopf, ob ich etwas und – wenn ja – was ich vorschlagen soll. „Offizielle Dates“ wie Kino etc. bringen nichts. In der Öffentlichkeit würde ich niemals einen Schritt wagen. Schon wieder nach Netflix zu fragen, wäre auch irgendwie komisch.

Ich hole mir Tipps bei meiner Jodel-Crew: Kochen? Spieleabend? Schwimmbad? PlayStation?

Schwimmbad fällt eindeutig weg. Ich habe mich schon genug blamiert, da muss ich nicht auch noch Sport mit ihm machen. Fast nackt schon gar nicht, gut ausgeleuchtet im hellen Schwimmbad-Licht... Es folgt eine riesige Diskussion, nur über Alkohol ist man sich einig.

Deshalb wähle ich den einfachsten Weg: „Wer geht denn bitte in die Uni, wenn es noch dunkel ist?!“

„Ich bin eben ein extrem vorbildlicher Student! Bringt nur leider nichts, wenn man nur zur Uni geht. Der Untergang naht.“ Wie er immer seine Nachrichten mit dem lachenden Emoji mit Freudentränen ausschmückt. So niedlich.

„Hast du Lust heut Abend was trinken zu gehen?“

„Wir haben lange nicht mehr genetflixt. Können aber auch gerne vorher was trinken gehen.“

Er macht sich offenbar tausend Mal weniger Gedanken. Oder er will wie ich eigentlich einfach nur unter uns sein. Jetzt steht wenigstens gleich fest, dass wir danach zu mir gehen, und es kann nicht wieder ein kumpelhaftes Verabschieden auf der Straße folgen.

Um sieben gehen wir zusammen in eine Bar. Es herrscht zwar eine völlig lockere Stimmung, das war es aber auch. Als würden zwei Freunde etwas trinken gehen, die das jeden Abend nach der Uni tun. Ich halte mich mit dem Alkohol zurück. Er wirkt auch irgendwie distanzierter. Und das nicht nur deshalb, weil er die ganze Zeit weit zurückgelehnt auf seinem Stuhl hängt. Kann ich es einfach nicht mehr erwarten, dass es weiter vorangeht? Erwarte ich schon zu viel? Soll er etwa seine Hand auf meine legen? Lächerlich.

Als die Rechnung kommt, will er mich einladen.

„Warum das denn?" frage ich.

„Macht man das als Gentleman nicht nach einem schönen Abend?"

Mag es bisher fast unpersönlich gewesen sein, bringt dies einiges an Nähe zurück. Oder ich war von vornherein wieder einmal viel zu streng mit allem und sie war nie weg.

„Es heißt 'während', nicht 'nach'", antworte ich. Wir wollen doch nicht hoffen, dass es das war.

Ich lächle ihn an. Er lächelt zurück. Ein wirklich besonderer Moment. Dabei vergesse ich, dass wir in der Öffentlichkeit sind. Die Bedienung schaut zu ihm, zu mir und wieder zu ihm. Er unterbricht den Blickkontakt.

„Geld", sagt er zu sich selbst und bezahlt.

Wir laufen langsam zu mir. Er kommt tatsächlich mit rauf, ohne dass wir es nochmal angesprochen hätten. Diese Selbstverständlichkeit gefällt mir.

„Das ist mir etwas peinlich, aber du hast doch bestimmt was zu essen da?", fragt er lachend.

„Da musst du doch nicht fragen. Nimm dir, was du willst", antworte ich lächelnd.

Dass ich danach kein Frühstück mehr haben würde, wusste ich in dem Moment zwar nicht, aber ich finde süß, dass er den kompletten Brotkasten und Kühlschrank leer isst, als würde er sich heimisch fühlen.

„Hoppla, ich rede und rede und merke gar nicht, wie viel ich esse."

„Soll ich dir noch eine Pizza bestellen?"

Wir lachen, so richtig wollen die Neckereien heute aber nicht ankommen.

Die ganze Zeit im Hinterkopf, ich müsse das mit dieser Freundin ausräumen, kommt mein Paradoxon zum Zuge. Ich hatte mir leider weder überlegt, was ich eigentlich sagen will noch kann ich schauspielern oder lügen.

Ich schaue aufs Handy: „Boa die mit dem Fachwechsel nervt langsam echt."

„Was schreibt sie denn?"

Sie hatte natürlich nichts geschrieben.

„Äh, ich meine so allgemein," stammle ich.

Ich habe das Gefühl, dass es jedes Mal nur schlimmer wird, wenn dieses Thema aufkommt. Warum habe ich nur jemals mit der angefangen...

Er sagt nichts mehr dazu, ich kann aber auch nicht wirklich eine Reaktion lesen.

Er nimmt seine Sachen und spült sie ganz selbstverständlich selbst. Eigentlich hätte ich wahrscheinlich einschreiten sollen, dass ich das später machen würde. Allerdings gefiel mir, dass das jetzt wirklich so wirkte, als würde er hier wohnen, und eben nicht mehr als wäre er nur ein gewöhnlicher Gast.

Hinzu kommt, dass ich dieses Verhalten und ihn, wie er dort stand, zu süß fand. Ein netter Nebeneffekt war, dass ich kurz ein Stück seines Rückens und den Rand seiner Unterhose sehen konnte, als er sich für den Oberschrank streckte. Wie im Film.

Wir legen uns erneut nah aneinander ins Bett und stellen den Laptop zwischen uns. Diesmal nur mit einer leichten Serie. Ich rücke ein klein wenig ab und lasse meinen Arm zwischen uns fallen. So, dass meine Handfläche fast vollständig nach oben zeigt, die Finger aber in normaler Haltung angewinkelt sind. Man muss die Einladung ja auch nicht übertreiben.

Es dauert eine Weile und er legt seinen Arm auf meinen, seine Fingerspitzen berühren meine Handfläche. Ich glaube, ich habe nie zuvor derart an der Hand geschwitzt.

So liegen unsere Hände praktisch ineinander, nur keiner greift zu. Ab und zu bewegt er einen Finger. Ich glaube allerdings nicht, dass er das bewusst tut. An der Handfläche spürt man die kleinste Bewegung oder Zuckung einfach zu stark, um sich dabei etwas Größeres einzubilden.

Dann setzt er sich plötzlich auf: „Ich muss jetzt leider los."

Er muss jetzt leider los? Es ist Freitagabend. Ich sage nichts und setze mich stattdessen auch nur auf. Ich schließe den Laptop, obwohl er in dem Moment noch kurz darauf geschaut hat. Das war dann doch ein ziemlich deutliches Zeichen von mir. So heftig sollte das auch gar nicht gemeint sein. Eigentlich sollte es gar nicht so gemeint sein, ich hatte erst zu spät gesehen, dass er noch geschaut hat.

Meine Stimmung drückte es aber dann doch ziemlich gut aus. Vielleicht übertreibe ich auch. Schließlich hatte er angekündigt zu gehen.

„Sorry, dass ich nicht bleiben kann", meint er zum Abschied.

„Ist doch kein Ding", antworte ich, „wir sehen uns".

So kühl will ich eigentlich gar nicht sein, bin aber noch viel zu überrumpelt und enttäuscht. Nochmal: Es ist Freitagabend.

Alles an dem Abend wirkt im Nachhinein so, als wollte etwas erzwungen werden. Die Einladung in der Bar, der Versuch des anderen Hand zu halten. Ein – vom Gefühl her – völlig kumpelhafter Abend, bei dem solche Aktionen plötzlich total fehl am Platz sind.

Vielleicht auch wieder mein zwanghafter Pessimismus. Seine Hand zu berühren war eigentlich unglaublich schön. Ich komme mir langsam einfach wirklich dumm vor, dass nicht mehr passiert und ich mich nicht traue, wo ich es selbst doch so sehr will. Ich bin ja schließlich auch nicht blind und sehe die Zeichen.

Es ist heute wohl einfach Enttäuschung über mich selbst, dass ich keinen neuen größeren Schritt gewagt habe. Zum Beispiel seine Hand schließlich richtig zu nehmen. Hat er darauf gewartet, wenn er sie schon in meine legt?

Sein Bezahlen in der Bar war eine nette Geste, vielleicht sogar ein Schritt, aber die letzten körperlichen Annäherungen kamen von mir. Ich muss einfach wissen, ob ich nicht zu weit gehe.

ER

WHATSAPP CHAT MIT EINER FREUNDIN

AM ABEND DES 17. NOVEMBER 2017

Ich: Bin jetzt wieder zuhause.
Sie: Oh 😕
Ich: Ich bin so krass feige ey 😂
Ich: Ich war doch mal so cool 😂
Sie: Was denn?
Ich: Abgehauen bin ich. Du hattest da völlig recht.
Ich: Ich krieg einfach nichts mehr auf die Reihe.
Ich: Wann hat das eigentlich von „Ja es geht weiter!" zu „Oh Gott es geht weiter!" gewechselt 🤔 🙈
Sie: Beruhig dich mal. Ist doch klar, dass das jetzt schon mal zu aufregend sein kann. Geht ja doch irgendwie plötzlich ziemlich schnell.
Sie: Irgendwie hat ja auch er das mittlerweile übernommen. Du kontrollierst es einfach nicht mehr. Auch nicht das Tempo.
Sie: Das bist du erstens nicht gewohnt und zweitens erwartest du wahrscheinlich auch nicht, dass er was macht.
Sie: Fühlst du dich gedrängt?
Ich: Quatsch.
Ich: Ich will das ja eigentlich!
Ich: Ich bin so dumm ey 😒
Sie: Liegt es daran, weil er er ist oder allein schon, weil er ein Mann ist?
Ich: Beides.
Ich: Und weil lange Vorstellung plötzlich Realität zu werden scheint 😂
Ich: Meine blöden Sprüche die ganze Zeit von wegen Sex blabla.

Ich: Ich bin einfach ein Lappen 😂
Sie: Voll niedlich, wie schüchtern du plötzlich bist ☺️
Sie: Was war denn nun eigentlich?
Ich: Ich bin nicht schüchtern!
Ich: Und plötzlich fängt er auch noch mit dieser ***** wieder an. [gemeint ist „Studiengangswechslerin" 😑 , Anm. des Verf.]
Sie: Was hat er denn gesagt?!
Ich: Dass sie nervt 😅
Ich: Aber trotzdem.
Ich: Soll er sie doch heiraten 😂
Sie: Bist du ein 13-jähriges Teenie-Mädel oder was 😂
Sie: Außerdem ist doch gut, wenn sie nervt.
Ich: Jaja.
Ich: Du nervst auch 😂

Sie: WAS EIGENTLICH WAR HAB ICH DICH GEFRAGT!
Ich: SCHREI NICHT SO!
Ich: Es war eigentlich ein echt schöner Abend.
Ich: Hab ihn sogar eingeladen, wie du vor ein paar Tagen meintest!
Ich: Und im Bett haben wir dann FAST Händchen gehalten.
Ich: Boaaah ey, wie das klingt 😂
Ich: Hallo i bims 1 Teenie Girl 😂
Sie: 😂
Ich: Genau genommen hab ich eigentlich meine Hand auf seine gelegt 🤨
Ich: Also genau genommen wäre eigentlich dann er wieder dran gewesen 🤨
Sie: Boa sorry, aber wann genau hast du eigentlich deine Eier verloren? 😂 Was für ein dummes Gequatsche mit wer als nächstes mit welchem winzigen Schritt dran ist. Das ist ja nicht mehr auszuhalten. Du willst ihn, also nimm ihn endlich amk!
Ich: 😳
Sie: Hallo i bims 1 Frankfurterin 😂
Ich: Wer hat mir nochmal die ganze Zeit eingeredet, er hätte gar kein Interesse?!
Sie: Das hat er erst während der letzten Woche bekommen. Ich hab nämlich immer recht 😚

Sie: Vielleicht kriegst du mit Ausziehen doch einfach jeden rum.
Sie: Vom Hetero zum Homo auf einen Blick 😂
Ich: 😂

TAG 10

"Hallo! hier Disney. ich will die filmrechte!"
- @183

"Also niemand legt seine Hand auf die eines kumpels.. das wäre irgendwie weird für beide. Er macht es aber extra, und beide finden es schön! Mehr Zeichen brauchst du echt nicht @OJ! Get him :)"
- @240

"Nach allem was ich gelesen habe (Hallo erstmal an dieser Stelle) würde ich mir eher Sorgen machen, wenn er mit einem Freund feiern gehen würde 😄"
- @241

"Es wurde Händchen gehalten, gefüßelt, über Haare gestrichen, auf Schultern geschlafen, im Schoß gelegen, Blicke ausgetauscht, halbnackt gemeinsam im Bett gelegen... Was soll denn noch passieren?"
- @251

OJ

18. NOVEMBER 2017

Was ich morgens beim Öffnen meines Jodels als erstes lesen muss, trägt nicht unbedingt zu einer besseren Stimmung bei: „Du wärst wohl eher der weibliche Part in einer Beziehung @ OJ Denk mal nicht so viel".

Es sind diese Kleinigkeiten, die mich denken lassen, dass das, was ich hier tue, vielleicht doch nicht komplett normal ist: Das Denken anderer, dass zu einer Beziehung als Grundvoraussetzung eben ein Mann und eine Frau gehörten. Wenn also zwei Männer eine Beziehung eingehen wollen, müsse eben einer die Frau sein. Bin ich zu empfindlich, wenn ich das schon diskriminierend finde? Die Anerkennung einer Homo-Beziehung klingt jedenfalls anders.

Ich rede mir ein, dass solche „leichteren Diskriminierungen" nicht böse gemeint sind, und derjenige nicht bewusst verletzen will.

Außerdem: Welches Essstäbchen ist nun das Messer und welches die Gabel?

Das Kumpelhafte setzt sich auch heute fort. Zumindest ist das mein Eindruck.

Er schreibt: „Ich geh heut Abend mit einer Freundin feiern. Das wird was."

Was soll ich darauf schon antworten? Andeutungen, er hätte heute Nacht in meinem Bett gefehlt und würde es auch in der folgenden tun, sicher nicht. Stattdessen bin ich mir nicht einmal mehr sicher, dass er in seinem schlafen wird.

War es das mit unserer – bei größtmöglicher Übertreibung – kleinen Romanze, die er verwirrend, vielleicht sogar etwas schön fand? Die aber auf keinen Fall weiter gehen soll? Überwinden wir nicht die Hemmschwelle zwischen zwei Männern, die bei vielen einfach zu groß ist, obwohl sie es vielleicht mal sehr interessant fänden? Wendet er sich jetzt schnell anderem zu, um uns einen Riegel vorzuschieben?

Ich hänge im Bett rum und bemitleide mich selbst. Wie langsam so ein Tag vergehen kann. Irgendwann habe ich genug davon und gehe mit einem Freund etwas trinken. Ich kann einfach nicht mehr zuhause rumsitzen und nachdenken.

Wie schnell ich alles in Frage stelle. „Erst einmal abwarten" fällt nicht gerade leicht. Wenn er heute keine Zeit für mich hat, dann ist das eben leider so. Vielleicht stimmt das ja auch nicht einmal und er will einfach mal nachdenken? Das zumindest ist die Theorie einzelner Jodler.

Ich lasse ihn deshalb jedenfalls in Ruhe. Wenn er das braucht, dann werde ich ihn nicht überrumpeln. Ganz abgesehen davon, dass ich das nicht könnte.

Es besteht ja eigentlich auch gar kein Anlass, es jetzt plötzlich übers Knie zu brechen. So schwarz, wie ich es male, war gestern vielleicht auch gar nicht. Die Geduld neigt sich aber dem Ende.

Als ich wieder zuhause bin, lege ich mich direkt zurück ins Bett. Ich kann – ganz überraschend – nicht einschlafen und höre „Make you feel my love" in Dauerschleife.

Die Hoffnungen, die manche Jodler machen, er würde sich bestimmt noch melden oder vielleicht sogar vorbeikommen, bleiben unbegründet.

"Der will dich @OJ 😍😍😍😍"
- @249

"Der ist ja genauso überfordert wie du 🙈 man wusst ich's doch 🙈 aber das macht es nur noch eindeutiger 😍"
- @127

"Gott ich dachte kurz, dass er ne andere/einen anderen hat... dabei ist es nur ein Gefühlsgeständnis an OJ 😍😍😍😍😍"
- @91

"Ohhhh OJ der ist voll verrückt nach dir 😍 Guck mal der will jeden Abend mit dir verbringen, wie sicher willst du dir noch sein? Schnapp ihn dir!"
- @154

OJ

AM MORGEN DES 19. NOVEMBER 2017

Ich komme aus dem Grinsen nicht mehr heraus, als ich morgens sehe, dass er doch noch geschrieben hat.

ER

WHATSAPP CHAT MIT EINER FREUNDIN

AM MITTAG DES 18. NOVEMBER 2017

Sie: Macht ihr heute Abend wieder was?
Ich: Nee, heute geht nicht.
Ich: Heute kommt doch diese Freundin, der ich schon ewig mal versprochen hab, dass wir in Frankfurt feiern gehen.
Ich: Da nervt die so lange und ich stimme ausgerechnet heute zu 😂
Ich: Könnte ihn ja fragen, ob er mitkommt 🤨 😂
Ich: Ihre Freundin, bei der sie pennt, kommt ja bestimmt auch mit 🤨
Sie: Na dann bin ich aber auch dabei. Sonst stellst du dich wieder so blöd an 😛
Ich: Ihr trefft erst dann wieder aufeinander, wenn ich das sage 😂
Sie: Vielleicht besuche ich ihn ja heute Abend mal 😇
Ich: Das ist echt nicht witzig.
Ich: Sag bitte, dass das ein Witz war! 😅
Sie: Schisser 😂

ER

AM ABEND DES 18. NOVEMBER 2017

Natürlich war es nicht möglich die Wohnung zu verlassen, ohne dass ein Mitbewohner mitbekommt, dass ich feiern gehe. „Gib mir zehn Minuten. Ich komm mit."

Jetzt könnte ich ja eigentlich wirklich fragen, ob auch er mitkommen will. Wo die Gruppe jetzt schon mal so groß wird. Ich lasse es trotzdem. Ich mit ihm in einer Gruppe wäre jetzt wahrscheinlich richtig weird.

Wir treffen meine Bekannte (die, die zum Feiern zu Besuch ist) und ihre Schlafplatz-Freundin in einer Bar. Dort fließt bereits einiges an Alkohol, später im Club nicht weniger.

Als wir dort auf der Tanzfläche sind, beugt sie sich zu mir vor. Ich denke noch, sie will mir was ins Ohr schreien und komme ihr entgegen, aber plötzlich dreht sie meinen Kopf zu sich und küsst mich. Ich kann es nicht verhindern, nur schnell beenden. Ich drücke sie weg und schaue sie – wahrscheinlich völlig entgeistert – an.

Dann drehe ich mich um und gehe einfach. Weglaufen ist im Moment wohl meine Lösung für alles. Was hätte ich da aber auch noch gesollt. Ich weiß, gentlemanlike ist was anderes.

Ich flüchte erst einmal aufs Klo. Aus irgendeinem abwegigen Grund fühle ich mich schuldig. Sinn ergibt das überhaupt keinen.

Ich tippe eine Nachricht an ihn erst nur ein, schicke sie dann aber dummerweise auch noch ab. Dass es keine gute Idee ist, jemandem zu schreiben, den man mag, während man betrunken ist, ist eigentlich nichts Neues. Immerhin hat mich die Lautstärke davor gerettet, eine Sprachnachricht zu schicken. Das wäre was gewesen...

Ich: I don't like it, wenn wir den Abend nicht zusammen verbringen.
Ich: Sorry war nicht für dich gedacht.
Ich: Doch schon, du solltest es nur nicht lesen. Weiß auch nicht, wer auf senden gedrückt hat.
Ich: Doch schon, ich war's.

Dass es sämtliche Rettungsversuche von Nachricht zu Nachricht nur viel schlimmer gemacht haben, realisiere ich leider erst an der frischen Luft.

Ein wenig panisch schicke ich der Frankfurterin erstmal einen Screenshot. Da sie nachts um vier Uhr komischerweise nicht sofort antwortet, rufe ich an: „Wieso antwortest du auf WhatsApp nicht? Ich hab dir einen Screenshot geschickt."

„Spinnst du? Was ist denn?"
„Schau's einfach mal an."
„Meine Güte. Warte."

Immerhin schreibt sie dann gleich.

Sie: Hast du ihm das echt geschickt?
Ich: Nee, ist Photoshop.
Ich: Natürlich hab ich's geschickt.
Ich: Nicht so geil, oder?
Ich: Und jetzt?
Sie: Hauptsache du hast dich unter Kontrolle, wenn du getrunken hast.
Ich: Ja danke, das hilft jetzt mega.
Sie: Schreib wie betrunken du bist. Das hilft immer.
Ich: Diese Freundin hat mich grad geküsst.
Sie: Echt? Und was hast du gemacht?
Ich: Ich bin aufs Klo und hab komische WhatsApp-Nachrichten verschickt.
Ich: Du musst mir schon folgen 😂
Sie: Was ist nur los bei dir 😂
Ich: Ich hab ordentlich einen sitzen ✌ 😂

Ich: Und genau das schreib ich ihm jetzt.
Ich: Kann ja nur besser werden.

Gesagt, getan. Gut durchdacht jeweils mit etwas zeitlichem Abstand:

Ich: Boah diese Shots immer ey 😂

Ich: Ich bin so dicht 🙈

Ich: Nie wieder Alkohol 😂

ER

RÜCKBLICK

IM DEZEMBER 2016

Zwar realisiert man vielleicht schlagartig, dass man Gefühle für eine Freundin hat, entwickeln tun sie sich aber normalerweise langsam, denke ich. Sie schleichen sich mit der Zeit ein. Unerwartet ist es, wenn das nicht so passiert und du sogar letzteren Moment bewusst mitbekommst und dich fragst „Was war das denn gerade?!" Noch unerwarteter ist es, wenn diese Freundin ein Freund ist.

Da steht man auf dem Weihnachtsmarkt, fragt seinen Kumpel vollkommen unschuldig, ob man einen Schluck von seinem Glühwein nehmen darf und es erwischt einen.

Mir war bei der Frage nicht klar, dass das eine so intime Angelegenheit sein würde, wenn er mich aus seiner Tasse trinken lässt. Man schaut sich zuvor tausende Male an und beim tausendundersten Mal dann das.

Er drehte sich danach schnell wieder weg, aber ich konnte es nicht mehr lassen, noch ein paar Mal zu ihm zu sehen. Wie kann man jemanden von einem Moment auf den anderen so anders sehen?

Besonders beachtet hat er mich an diesem Abend nicht mehr. Dabei versuchte ich noch ein paar Mal seinen Blick aufzufangen. Keine Ahnung, warum.

Irgendwann war mir das alles aber genug und ich ging wieder als erstes, obwohl ich als einer der letzten kam.

Abends im Bett erwischte ich mich dabei, wie ich „Aber ich bin doch hetero" flüsterte. Als mir bewusst wurde, dass ich mit mir selbst redete, lachte ich mich erstmal kräftig aus. Solche Verwirrung brauche ich nicht jeden Tag. Aber was will man schon machen, ist eben so.

Die folgenden Tage zeigten aber, dass ich um einiges weniger gut damit klar kam, als mir noch am selben Tag bewusst war.

Ich ging ihm jedenfalls erst einmal aus dem Weg.

TAG 11

ER

AM VORMITTAG DES 19. NOVEMBER 2017

Obwohl ich todmüde war, habe ich katastrophal geschlafen. Ständig war ich wach und habe geschaut, ob er geantwortet oder, viel schlimmer, es gelesen und nicht geantwortet hat. Diese Stalking-Möglichkeiten sind echt schlimm. Irgendwann hat er es tatsächlich gelesen und antwortet nicht. Da will ich mich mal eben erschießen gehen.

Also liege ich wach, bis er antwortet: „Dass wir uns mal einig sind 😬 Ich mochte es nie weniger. Deshalb sollte es heute gar nicht dazu kommen 💁‍♀️ Kotz aber vorher zuhause 😌😋"

Dann liege ich wach, *weil* er geantwortet hat. Ich schicke direkt einen Screenshot weiter.

Sie: Na hopp, kotzen und los 😂
Ich: Es geht um abends. 😂
Ich: Ich warte noch mit der Antwort und schreibe ihm dann mit einer Anspielung oder so.
Ich: Außerdem bin ich halt tot 😂

Nachdem ich doch noch ein paar Mal eingeschlafen bin, antworte ich ihm dann am Nachmittag.

Ich: Von wegen kotzen, bin doch ein krasser Typ 😘
Ich: Wann soll ich denn vorbeikommen? Ist ja schon fast Abend.

Wieder Warterei, es wird scheinbar wirklich Abend.

"Du kannst ja noch ein bisschen Stroh in der Wohnung verteilen. Wenn er dann fragt warum... ach du weißt schon."

- @62

"Haha @219, geht mir genauso 😂 was ne mega süße wendung 😍 wenn das n Film wär, wären wir alle so 'oh wie kitschig, das würd in echt niiiie passieren' und hier passiert das einfach 🙈 go @oj, heute gibts das Staffelfinale der lovestory!"

- @108

"@OJ lass dich nicht verunsichern, zieh dein Ding durch. Als ich mich geoutet habe war die erste Sache die ich gelernt habe auf andere Meinungen nichts zu geben, man kann es nicht jedem recht machen. Du musst mit dir selbst glücklich werden!"

- @93

"Ich bin so was von gespannt. Oh mein Gott. Das ist wie Netflix suchten, nur krasser, weil es real life ist. Habe kaum was für die Uni geschafft, aber hier auf dem Laufenden. #daumendrückenfürunserenOJ"

- @63

OJ

AM ABEND DES 19. NOVEMBER 2017

Ich überlege lange, was ich antworten soll. Auf Jodel bekomme ich endlos Vorschläge. Diese Unterstützung ist wirklich unglaublich.

Seine Nachrichten reichen jetzt sogar mir, fester daran zu glauben. Mal sehen, ob ich das noch genauso sehe, wenn er vor mir steht und ich mutig sein muss. Ausgerechnet heute habe ich tagsüber Besuch und muss geduldig sein.

Auf welch wackeligen Beinen mein Glaube daran steht, zeigt sich, als ich beim Mittagessen einen anderen Jodel lese: Dessen OJ lag mit einem Kumpel unter einer Decke, währenddessen der Kumpel seine Hand nahm. Statt locker zu reagieren – was sich jeder wünscht, wenn schon kein Interesse besteht – springt OJ auf und ruft „Untersteh dich".

Wäre das mir passiert, hätte ich nie wieder einen Mann auch nur angefasst, ohne zu einhundert Prozent zu wissen, dass auch er Interesse an Männern hat – was in den allermeisten Fällen wohl nur dann zutrifft, wenn man sich im Internet kennenlernt.

Ich verstehe es ehrlich nicht. Warum diese Reaktion?! Mag man es auch noch so eklig finden, wenn ein anderer Mensch die eigene Hand nimmt – aus welchen Gründen auch immer – muss einem doch zumindest bewusst sein, wie sehr man den anderen damit verletzt. Das macht mich wirklich sprachlos.

Deshalb kann man eigentlich nur an jeden einzelnen Hetero appellieren, locker zu bleiben, sollte sich mal eine Person gleichen Geschlechts an ihn „ranmachen". Wie krass schwer das für Schwule und Lesben ist, sich das zu trauen, ist denke ich deutlich geworden.

Wenn dann eine üble Reaktion kommt, würde ich es jedenfalls nie wieder versuchen. Wie bei jeder eigenen Handlung im Leben sollte man sich hier ganz besonders vor Augen halten, welche Auswirkungen das auf das Leben des anderen haben kann. Bei mir würde man damit einiges kaputt machen.

Ich kann mir gar nicht vorstellen, dass mein Besuch nicht merkt, wie oft ich aufs Handy schaue. Irgendwann schreibt er endlich. Zu meiner Aufregung tritt ein Dauergrinsen.

Ab diesem Zeitpunkt gebe ich meinem Besuch immer wieder freundliche Hinweise, dass ich nicht mehr so lange Zeit habe und um halb sechs „jetzt aber wirklich los muss". Normalerweise bin ich netter, habe auch wirklich Zeit, wenn ich etwas ausmache, und halte mich daran. In diesem Fall gilt aber eine kleine Ausnahme.

Um sechs Uhr öffne ich ihm die Tür. Wir lächeln uns an. Er schaut schüchtern von unten nach oben.

„Hallo."

„Hallo", sage auch ich und muss noch mehr grinsen.

Er tritt näher, nimmt mich tatsächlich in den Arm, vergräbt sein Gesicht in meinem Hals und atmet tief ein. Dann löst er sich von mir.

Ich: „Du stinkst nach Alkohol."

Schon wieder so heldenhaft romantisch. Wir müssen aber beide lachen.

Irgendwas hat sich verändert. Waren diese wenigen Nachrichten deutlicher als jeder Körperkontakt? Sind wir gelöst, weil uns ein wenig Unsicherheit genommen zu sein scheint? Ahnen wir, dass etwas passieren könnte? Ist es gespannte Vorfreude?

Er hält eine Tüte hoch: „Ich hab Sushi."

Mir fällt keine lustige Antwort ein.

„Perfekt", sage ich. Lügen ist immer gut.

Letztlich isst er auch einen großen Teil von dem, was er eigentlich für mich ausgesucht hatte. Nach dem Essen geht es ins Bett.

Ich: „Diesmal hab ich übrigens schon einen Film ausgesucht."

„Oh Gott. Was soll das sein?" Er lacht und schaut neckisch.

„Midnight in Paris."

„Klingt nicht danach, als würde es darin besonders viele Tote geben."

„Ganz Verrückte schauen auch Filme, bei denen man nicht jede Minute erschrickt oder einen Menschen nur in Einzelteilen sieht."

Er muss grinsen.

„Und du kennst den schon, ja?"

„Ja."

„Dann ist ja eh langweilig."

„'Voll nett von dir, dass du schon einen Film rausgesucht hast. Der gefällt mir bestimmt auch.' Versuch's nochmal damit."

Er grinst noch breiter.

„Ich werde jedenfalls versuchen, nicht zu lästern. Mehr kann ich nicht versprechen."

Dieses Lachen...

„Ey, ich hab auch diese Horrorfilme über mich ergehen lassen."

„Du meintest, Horrorfilme sind geil." Er legt seinen Kopf schief. Erwischt.

„Ich meine viel."

Wir grinsen beide. Ich starte den Film.

Erst halte nur ich den Laptop. Dann schiebe ich mein Bein an seines – auch wenn das dafür eigentlich gar nicht nötig ist – und stelle ihn zwischen uns.

„Nimm du mal", flüstere ich und schließlich wandert er komplett auf seinen Schoß. Ich rücke mit dem Körper wieder ein wenig von ihm ab, drehe mich etwas auf die Seite und lege langsam meinen Kopf auf seine Schulter. Noch immer eine große Überwindung, aber schon deutlich leichter als beim letzten Mal. Jetzt konnte ich immerhin sicher sein, dass er nicht abweisend reagieren würde. Es ist unmöglich, dass er mein Herz nicht schlagen hört.

In dieser Position kann ich noch unauffälliger an ihm hinab schauen, kann seine Hände sehen, wie sie den Laptop halten.

Was diese Hände alles machen könnten...

Er soll endlich einen neuen Schritt gehen, denke ich mir, jetzt wo ich doch schon meinen Kopf wieder auf ihn gelegt habe. Gleichzeitig überlege ich fieberhaft, was ich als nächstes tun könnte. Der Weg zu seiner Hand ist viel zu weit. Außerdem kann ich sie nicht einfach vom Laptop wegziehen.

Ich könnte sie aber natürlich streicheln. Dann würde er vielleicht den Laptop loslassen und seinen Arm in die Mitte legen. Ich könnte auch meinen Arm zwischen uns an ihn heran legen, dann sein T-Shirt etwas wegschieben und mit einem Finger ganz leicht an der Seite streicheln.

Oder ihm einfach zuflüstern, dass er meine Hand nehmen soll? Nein, so etwas ist ganz schlecht. Genauso dumm, wie jemanden zu fragen, ob er oder sie einen liebt. Entweder man tut es selbst oder man muss es lassen. Andernfalls kann man nie sicher sein, ob er es nur tut, weil er sich gedrängt fühlt, oder man wird komplett enttäuscht, weil er es gar nicht tut.

Meinen anderen Arm komplett um ihn legen? Ein bisschen auf der Seite läge ich dafür schon.

Ich könnte zur Absicherung natürlich auch so etwas sagen wie „Stört es dich, wenn ich...?“ und dann erst handeln. Ich denke noch eine Weile nach. Nachdem er aber weiterhin keinerlei Anstalten macht und sich überhaupt nicht bewegt, setze ich letztlich alles auf eine Karte.

Ich drehe meinen Kopf zu ihm und lege das Gesicht an seinen Hals. So, dass mein Mund praktisch schon darauf liegt. Ich küsse ganz leicht. So leicht, dass ich noch hätte abstreiten können, dass ich es getan habe.

Ich gehe mit dem Kopf wieder ein bisschen zurück, er dreht seinen zu mir und schaut mich an. Unsere Gesichter sind nur wenige Zentimeter voneinander entfernt.

„Sorry“, sage ich und erhoffe mir ein „Wofür?“ als Antwort.

Stattdessen kommt er ganz langsam näher. Kurz bevor wir uns berühren, schließt er die Augen. Ich tue das Gleiche.

Er küsst mich ebenso leicht auf den Mund wie ich zuvor seinen Hals. Er hat seinen leicht geöffnet und atmet schwer. Ich spüre mehr seinen Atem als seine Lippen.

Wenn man sich einen Moment zuvor tausende Male vorgestellt hat, kann man eigentlich nur enttäuscht werden. Man stellt sich die Situationen vor, in denen es passieren könnte. In meinem Fall die peinlichen Dinge, die man machen oder sagen würde. Die Sekunde davor, den Blick danach. Man hat nur nicht die geringste Ahnung, was dann tatsächlich an Gefühlen durch den Körper strömt. Ich denke an nichts mehr, genieße den Moment wie er ist.

Durch dieses schwere Atmen spüre ich mehr Zuneigung als er durch irgendeinen wilden Kuss hätte zeigen können.

Es gibt nicht viele perfekte Momente im Leben. Das war einer.

Er ist sich aber offenbar noch immer unsicher, löst sich und lehnt sich ins Kissen zurück. Er nimmt seine Arme hoch und legt die Hände vors Gesicht.

Spätestens jetzt kann ich mich aber nicht mehr zurückhalten.

Ich beuge mich rüber, lege mich halb auf ihn und nehme seine Hände weg. Wir schauen uns kurz an, dann küsse ich ihn zurück. Kuss Nummer zwei ist genauso schön wie der erste.

Er zieht mich ganz auf sich. Da ich nicht mit meinem vollen Gewicht auf ihm liegen will, stütze ich mich zumindest mit den Beinen ab.

Das Küssen wird intensiver. Ich streife ihm durchs Haar, ich spüre, wie er mit einer Hand am Rücken unter meinem T-Shirt liegt. Das lässt auch mich noch schwerer atmen.

Er streckt sich ein wenig und hebt sein Kinn, weshalb ich weiter unten am Hals küsse. Er fängt heftig an zu schnaufen, stöhnt beinahe. Ich kehre zum Mund zurück.

„Du magst das da wohl?“, flüstere ich neckisch.

„Nein, gar nicht“, antwortet er grinsend.

Ich glaube, es gibt nicht vieles, das schöner ist, als wenn man während eines Kusses zusammen anfangen muss zu lachen.

Das hat uns wieder etwas runterfahren lassen. Wir wollen es auch nicht gleich übertreiben.

„Wenn du dich wie vorhin noch ein Mal für etwas entschuldigst, das mich so wahnsinnig macht, schlag ich dich“, sagt er.

Ich schaffe es daraufhin, ihm eine ganze Weile in die Augen zu schauen. Wie können ihn Menschen nur anschauen, ohne das zu sehen, was ich sehe? Wie kann er in anderer Menschen Augen schauen, ohne das auszulösen, was er in mir auslöst?

„Willst du den Film fertig schauen?“, fragt er dann. Wir schauen uns weiterhin an.

„Du kannst ruhig zugeben, dass er dir gefällt und eigentlich du ihn fertig schauen willst", antworte ich.

„Also eigentlich wirst du einfach nur zu schwer."

Wieder müssen wir lachen.

Er holt den Laptop, der kurz davor ist, vom Bett zu fallen.

„Jetzt nimmst du."

Er reicht ihn mir, wir gehen unter die Decke und ich stelle ihn auf meinen Schoß. Er legt sich direkt auf meine Schulter.

Ich halte den Laptop mit der einen Hand, die andere tue auch ich unter die Decke. Dort liegt sie Rückhand an Rückhand mit seiner. So streicheln wir die des anderen ab und zu und verschränken die Finger ein wenig ineinander, wenn sie ausgestreckt sind.

Die allerletzte Schüchternheit ist noch nicht abgelegt.

Aber das wird sie.

ER

WHATSAPP CHAT MIT EINER FREUNDIN

AM MORGEN DES 20. NOVEMBER 2017

Ich: Ihn küssen: ✅ 😂
Sie: Wooohoo!!!
Sie: Hab den ganzen Abend gewartet, dass du endlich mal was schreibst 😂
Sie: Und???
Ich: Joa, war ziemlich nice.
Ich: 😂😂😂
Sie: 😂
Ich: Er hat mich erst am Hals geküsst. Mehr muss ich glaub ich nicht sagen 😂
Ich: Richtiger Kuss = 100 mal Hals 🙊
Ich: Nee, warte.
Ich: Richtiger Kuss = wie am Hals 😂
Sie: Du Fetischist ey 😂
Sie: Oh Gott ihr seid so cute 😍
Sie: Und ich hab euch zusammengebracht 😍
Ich: Einen Scheiß hast du 😂
Ich: Du hast uns höchstens länger auseinandergehalten 😂
Ich: Ohne dich wären wir längst verheiratet!
Sie: Ohne mich würdest du ihm immer noch unsicher nachlaufen!
Sie: Aber er hat dann schon richtig mitgemacht?
Sie: Oder hast du ihn geküsst und bist wieder abgehauen? 😂
Ich: Ich geh nirgendwo hin 😂
Ich: Ich lieg neben ihm 😌
Ich: Angezogen übrigens.
Ich: Es ist trotzdem nicht bei meinem schnellen Kuss geblieben 😁

Sie: Schläft er noch? Könntest ihn ja sonst jetzt ausgezogen wecken 😏

Sie: Oder ihn an einer bestimmten Stelle ausziehen und ihn auf eine bestimmte Weise wecken 😏

Ich: Mach mich mal nicht so heiß 😂

Ich: Hier jetzt mal lieber Ende 😂

Ich: Ich melde mich später wieder.

Sie: Viel Spaß noch 😏

TAG 12

"Shit ich habe nie viel von gleichgeschlechtlicher Liebe gehalten, aber das war gerade die schönste und packendste Geschichte, in der zwei Menschen zueinander gefunden haben! Ich wünsche euch von Herzen alles gute ❤"

- @327

OJ

20. NOVEMBER 2017

Wie sehr wir uns offenbar unterbewusst beherrscht haben, als wir die letzten Nächte nur nebeneinander schliefen, zeigte die heutige Nacht.

Als der Film bereits aus und er wieder eingeschlafen war, genoss ich es diesmal etwas länger, wie er neben mir lag, und glaubte nicht länger etwas „auszunutzen". Jetzt konnte ich denken, dass ich ihm dadurch auch „etwas gab", statt nur seine Nähe zu bekommen. Mir kam nämlich die komplett abgedrehte Idee, dass auch er meine Nähe mag.

Nach dem Bad legte ich meinen Arm um seine Brust und ein Bein über seines. Daraufhin drehte er sich im Schlaf zu mir und wir verschlangen unsere Beine etwas mehr ineinander. Sein Kinn an meiner Stirn. Wie soll man da bloß einschlafen.

Seine Hand nahm ich aber auch diesmal nicht. Ich will, dass er alles, was ich zum ersten Mal mache, auch mitbekommt.

Einen kurzen Kuss auf den Mund gab ich ihm aber. Auch streifte ich ihm mit der Fingerspitze kurz über die Lippen.

Es könnte sein, dass ich vor dem Einschlafen möglicherweise auch noch ein bisschen an seinen Haaren gespielt habe. An seinen Kopfhaaren versteht sich.

Auch während der restlichen Nacht – zumindest soweit ich das mitbekommen habe – war er nicht auf seiner Seite des Bettes. Das gefällt mir.

Als ich aufwache, beobachtet er mich: „Jetzt kann ich dich anschauen, ohne Angst haben zu müssen."

Da kommen mir unweigerlich etwas die Tränen.

„Nicht weinen", meint er etwas verlegen, „das machen sonst nur meine One-Night-Stands, wenn sie merken, dass ich gehen will." Er lacht.

„Quatsch nicht", antworte ich. „Mit solchen Witzen fängst du bitte auch gar nicht mehr an", will ich noch loswerden, halb im Spaß, halb im Ernst.

Er grinst noch mehr.

Er kommt etwas auf mich zu, als wollte er mich küssen, zögert aber, als hätte er noch nicht ganz geglaubt, was gestern passiert ist. Diese Unsicherheit, obwohl er sonst so selbstbewusst ist, macht mich wirklich fertig.

Dann nehme ich aber seinen Kopf zwischen meine Hände, ziehe ihn zu mir und übernehme das küssen selbst.

Dabei legt er sich auf mich. Er stützt sich rechts und links von mir mit den Beinen ab, sodass er eher sitzt als liegt, und beugt sich zu mir herunter. Meine Arme drückt er neben meinem Kopf aufs Bett, unsere Hände greifen ineinander. Er kann mich von einer Sekunde auf die nächste vollkommen überwältigen.

Aus Erfahrung weiß ich, dass man durchaus auch alleine einen ganzen Tag im Bett verbringen kann. Zu zweit ist das minimal schöner. Mehr sei dazu nicht gesagt.

Entsprechend schwer ist es, als er abends geht.

Zuvor macht er mir einmal mehr klar, wie unglaublich die Zeit zu werden verspricht, die mir mit ihm bevorsteht.

„Nur zur Sicherheit: Wir sind jetzt schon zusammen, oder? Will sicher gehen, dass da kein anderer mehr ran kann jetzt."

ER

WHATSAPP CHAT MIT EINER FREUNDIN

AM ABEND DES 20. NOVEMBER 2017

Ich: Also ich hab jetzt 'nen Freund und du so 😎
Sie: Das ist so abgefahren.
Sie: Aber ihr seid doch jetzt nicht zusammen?!
Sie: Das ist vielleicht bei 13-jährigen Teenies so 😂
Ich: Natürlich sind wir das.
Ich: Ich hab ihn gefragt 😂
Ich: Hab doch gesagt, ich bin nicht schüchtern 😘
Sie: „Willst du mit mir gehen? Ja, nein, vielleicht" oder was? 😂
Sie: Jetzt lässt du jedenfalls echt nichts mehr anbrennen 😂
Ich: Sicher ist sicher 😂
Sie: Hast du ihn geweckt? 😏
Ich: Ich werd jetzt sicher nicht dein Privatporno, der für deine Fantasien Storys liefert 😂
Ich: Viel mehr als gestern ist heute jedenfalls auch nicht passiert.
Ich: Das ist auch gut so. Schön langsam.
Ich: Zumindest rede ich mir das ein 😂
Ich: Wahrscheinlich traut sich da jetzt auch ewig keiner, mal mehr zu machen 😂
Sie: Wenn hier einer die ganze Zeit Fantasien hatte, dann ja wohl du 😝
Sie: Aber zusehen darf ich schon mal 🤔 😂
Sie: Bist du dann jetzt gegangen?
Ich: Ja.
Sie: Warum?
Ich: Ich bin da nicht mit Koffer angerückt 😂
Ich: Und muss mich in der WG mal wieder blicken lassen.

Ich: Aber nicht zu lange

Ich: Die denken sich jetzt auch schön ihren Teil. Vor allem der, der beim Feiern dabei war…

Sie: Ja und? Du könntest doch sonst wo geschlafen haben. Selbst wenn, geht die nix an.

Sie: Denk jetzt bloß nicht an die, sondern genieß es

Sie: Genieß ihn

ER

WHATSAPP CHAT MIT IHM

AM ABEND DES 20. NOVEMBER 2017

Ich: Bin jetzt schon ganz schön lange daheim 🙊
Er: Viel zu lange 😬
Ich: Sushi?
Er: Pizza!

75% des Nettoreinerlöses aus diesem Buch gehen an das:

homophobia

Aktionsbündnis gegen Homophobie e.V.

Wer wir sind und was wir wollen

2008 wurden das Aktionsbündnis durch eine kleine Gruppe junger Menschen gegründet, die diese Welt ein kleines bisschen besser machen wollten. Das Ziel des gemeinnützigen Vereins: Eine Gesellschaft, in der Chancengleichheit und aktive Teilhabe eine selbstverständliche Lebensrealität für alle sind – unabhängig von sexueller und geschlechtlichen Identität, des Geschlechtsausdrucks oder der Geschlechtsmerkmale.
Dieses Ziel ist noch lange nicht erreicht und deshalb engagiert sich der Verein nicht nur bundesweit, sondern weltweit gegen Ausgrenzung und Diskriminierung. Queere Menschenrechtsaktivist*innen nicht nur aus Deutschland, sondern aus allen Teilen der Welt (zuletzt aus Bangladesh, Russland, Rumänien und dem Libanon), erhalten von uns Unterstützung. Wir schützen zudem auch (junge) Menschen in Deutschland, die nach einem Coming Out von Zwangsheirat oder Ehrenmord bedroht sind und wir sind für queere Geflüchtete da.

2015 haben wir gemeinsam mit befreundeten Gruppierungen und Aktivist*innen die Initiative EHE FÜR ALLE ins Leben gerufen. Wir versuchen mit Spendenkampagnen zu helfen, wie z.B. 2017, als in Tschetschenien die gnadenlose staatliche Verfolgung gegenüber queerer Menschen ans Licht kam. Mit beeindruckenden 60.000 Euro Spenden konnten so über das Russian LGBT Network queere Menschen evakuiert werden.

Aktuell engagieren wir uns gegen „Homo-Heilung“ und fordern ein Verbot dieser Praktiken, insbesondere die Anwendung bei Kindern und Jugendlichen. Außerdem wollen wir das Thema Bisexualität stärker in den öffentlchen Diskurs einbringen.

Mach mit! Lerne uns kennen! Gemeinsam können wir die Welt verändern!

Egal ob du zur queeren Community gehörst oder hetero bist – wir freuen uns über deine Unterstützung. Wie das geht, erfährst du auf https://aktionsbündnis.org/unterstützen

Mehr Infos?
Folge uns auf Facebook und sei immer informiert, was das Aktionsbündnis gegen Homophobie e.V. gerade macht! https://facebook.com/aktionsbuendnis.org

#ichwillihnberühren
2. Auflage

ein Imprint der Ach je'schen Verlagsanstalt oHG

Umschlaggestaltung: Thiemo Pitsch – https://thiemopitsch.de
Covergestaltung und Illustrationen: Thiemo Pitsch
Lektorat, Korrektorat: Janina Johannsen, Berlin
Satz: Thiemo Pitsch und im Verlag

ISBN 978-3-947720-33-0 (Softcover)
ISBN 978-3-947720-35-4 (eBook)
Kindle-Fassung ohne ISBN

Bibliografische Information der Deutschen Nationalbibliothek:
Die Deutsche Nationalbibliothek verzeichnet diese Publikation in der Deutschen Nationalbibliografie; detaillierte bibliografische Daten sind im Internet über http://dnb.d-nb.de abrufbar.